全民微阅读系列

台风眼

TAIFENG YAN

苗忠表 著

江西高校出版社

JIANGXI UNIVERSITIES AND COLLEGES PRESS

图书在版编目（CIP）数据

台风眼 / 苗忠表著.— 南昌：江西高校出版社，2017.4

（全民微阅读系列）

ISBN 978-7-5493-6017-8

Ⅰ.①台… Ⅱ.①苗… Ⅲ.①小小说 — 小说集 — 中国 — 当代 Ⅳ.①I247.82

中国版本图书馆 CIP 数据核字（2017）第 221616 号

出 版 发 行	江西高校出版社
社 址	江西省南昌市洪都北大道 96 号
总编室电话	(0791)88504319
销 售 电 话	(0791)88592590
网 址	www.juacp.com
印 刷	北京一鑫印务有限责任公司
经 销	全国新华书店
开 本	700mm×1000mm 1/16
印 张	14
字 数	155 千字
版 次	2017 年 4 月第 1 版 2019 年 4 月第 2 次印刷
书 号	ISBN 978-7-5493-6017-8
定 价	36.00 元

赣版权登字-07-2017-1127

目录

康　巴

康巴是一把刀，是男人从西藏旅游时带回来的一把藏刀，纯银制作，做工精致，准确说是一把小巧玲珑的匕首。那是几年前男人跟随自己的渔业公司组织的旅游团到西藏旅游时，在著名的小商品市场八廓街买的。当年买康巴的目的是这刀具有纪念意义，说明自己曾经到过西藏这片神秘的土地，多少有点引以为豪。有钱人买几万元一只的藏獒，咱没钱的就买这几十元一把的康巴，意义是一样的，都说明曾经到过西藏。刚买来的时候，男人因为心爱，上船下海时总带在身边。男人是撑运输船的，将满载的生产物资运送到正在太平洋作业的公司鱿钓船上，再将每只鱿钓船上的鱿鱼运回公司。男人是船上的老轨，专门检修船上的轮机，活倒不累，但责任重大。运输船每半个月返航一次。男人没有其他爱好，唯一嗜好就是喝酒，喝完酒经常闹事打架。女人怕就怕这个，男人出海在外，如果有什么三长两短，那家里的女人和幼女咋办呢？

男人又要出海了，女人帮着打理包裹，女人看见包里藏了一把康巴，就拿出来对男人说，你以后出海不许带刀，如果酒喝糊涂了把人家扎伤咋办？我少喝点就是。你会少喝？这辈子怕是改不了了！还是真的少喝点吧。以后出海可不许再带刀！况且，你下海带刀做啥？没做啥，主要是我比较喜欢这把康巴。以后就由我来保管，等你拢洋了再交给你。女人用一块红绸缎将闪着寒光的康巴小心翼翼地包了起来。

男人出海了。女人认识了另一个男人，其实刚开始的时候女人对这个男人没有什么好感，要长相没长相要资历没资历，还是一个刚刚调来的普通发货员。由于工作关系，两个人说话也只是些工作以内的事。后来出现的一件事，让女人彻底改变了对这个男人的看法。公司新到了一批鱿鱼需要马上装运入库，由于事情来得突然，所有装卸工都被公司安排去桃花岛旅游了，只有一些女工在家留守，真是急煞人了，公司领导实在没了法子，只好动员女工们来充当搬运工，还承诺，每搬运一盘鱿鱼就奖励五元，所有女工一听纷纷放下手中的活来当搬运工，包括弱不禁风的女人。一盘鱿鱼估摸有五十多斤，女人气喘吁吁搬了三盘，当搬到第四盘时，女人一个趔趄摔倒在码头冰凉湿滑的水泥地上。那个男人看见后连忙冲上去将她抱了起来，女人的膝盖被坚硬的地面碰得鲜血直流。男人背着她到公司职工医院包扎。男人对女人说，你个子小，做这重劳力的搬运工是吃不消的，你安心去家里养伤，我替你去搬。女人刚要张口说什么，最终没有说出口。

月初发工资时，女人的卡上多了五百元钱。女人明白这钱是那个男人替她赚的，女人曾去还过几次，男人坚决不肯收，说这些钱是她自己赚的，他其实也没有做什么，上次受伤流了好多的血，就拿这钱买些补血的营养品吃吃吧。女人听了多少有点感动。

时间久了，女人会忍不住想多看那个男人一眼，总想和他说说话……

每一次，女人像一只驯服的猫钻入那个男人的怀里，男人抚摩着女人那洁白滑溜的胴体，尽情地发泄着……每一次激情过后，男人总会找出各种理由问女人借钱，女人很爱这个不是老公的男人，在他的身上女人找回了往日的激情，所以，男人每每找出各种理由来向她借钱时，女人或多或少总会给予。女人想既然对这个男人有感觉，给他一点钱花花也是正常的。

那天，男人对女人说，现在做股票蛮赚钱的，要不你先借我五万元，赚了两个人平分。女人听说男人的侄子在证券交易所做操盘手，不免有点心动。女人拿了五万元交给男人，叮嘱他一定得赚钱，这些钱可是女人问别的小姐妹借的。男人信誓旦旦说赚了钱一定给她买根大的金链子。

好几个月过去了，女人向男人打听那些钱的事，男人说股票熊市全都赔光了。女人的小姐妹要买房就找女人还钱。女人只好一次次找男人讨要，心烦的男人当着众多人的面说，老子啥时候借过你五万元，你要老子睡你，还来敲老子竹杠！老子摔死你！男人一脚将女人踹倒在地……

女人最后一次去找那个男人是在自己男人刚刚出洋的时候。女人看了看坤包里的那把康巴藏刀，打电话对那个男人说在咖啡馆等他有急事和他商量。当那个男人洋洋得意地来到咖啡馆，女人没有说话，只是怨恨地盯着他。男人发现女人的神态很不对劲，不禁激灵一下，拔腿就朝外退去，女人发疯般追上去的同时，从包里掏出康巴狠狠扎向他的肚子，自己逃离了咖啡馆。后来，女人听别人说那个男人安然无恙——那把留在他身上的康巴居然没有刀尖。警察来检查过康巴，只有刀柄没有刀身，刀身早就被人用锯子锯去了，这不算刑事案件，顶多属于两个人的经济纠纷……

对此，女人有所思悟，感觉男人出海前一天偷偷翻过她的包，可能听说过她和那个男人的一些事，可他却什么都没说。

"康巴刀"最终还是回到了女人的手中，女人摸着康巴上锉钝的口子，眼泪流了下来……

暗　算

茶山浦木碶塘码头边的刘记小酒馆，关小羽正独自一人喝着酒。

刘记酒馆面朝大海，雪白的浪花像一个个跳着桑巴的少女，渐行渐远地飞舞着……

关小羽端着酒杯，看着远处的点点帆影，嘘了一口喷香的糯米酒，扔几颗花生米在嘴里吧唧吧唧嚼着，正专心地理着思绪。

警察局侦缉科的张小飞骑着一辆破脚踏车飞速驶来，还未等车停稳，便顺势将脚踏车搁在酒馆的石墙边上。跃上高高的栅栏，他气喘吁吁地跑到关小羽面前，毕恭毕敬地敬了个礼，然后凑近他的耳旁轻语起来。

"处座，刚收到总局密令，请你速飞台湾，三大刑侦专家就差您一个了，等您一到，就可对 7.22 军官投共案疑犯进行全面审讯了……"

"来,来,来,快给我倒酒！"

老板娘王小梅迈着小方步，笑着朝张小飞甩着喷香的粉红手帕，上前给已经有点醉意的关小羽敬酒。

关小羽一把扯住她的袖子。

"老板娘,你是不是阿备嫂？"

"我咋会是阿备嫂呢？我是王小梅,是开渔家饭店做小生意的老板娘！"

"不！你是阿备嫂！"

"我咋会是阿备嫂呢？关处长可不能胡乱说话啊！人家阿备嫂可是游击队的神枪手。"

"你咋知道阿备嫂是游击队的？"

关小羽一把抓住她的手。

"阿备嫂是游击队，阿拉这小岛上的人哪个不知，哪个不晓？"

关小羽推开王小梅的酒壶。

"我一定要在三天内抓住这个'共匪婆'，抓不住，我就是去了台湾也于心不安呐。"

关小羽自跟着蒋公子从南京来到这个海岛小城已有两个年头了，至今还没看到过阿备嫂的真正面目。他只是从卷宗和传说中了解了一点，阿备嫂是中共海上游击队队长刘小备的老婆，是一个使双枪弹无虚发的女神枪手。听局里的王科长说，自从 1943 年春天，刘小备带的游击队被东洋鬼子用汽艇和火炮在野猫山围困全歼后，刘小备的老婆阿备嫂就带着那些死了的游击队的娘们拉扯起了一支队伍，先打东洋人后打国民党。别小看这支由娘们组成的游击队，这几年让东海剿总大队的官兵着实吃了不少大亏。虽然从南京调来了著名的侦缉高手关小羽也无济于事。这次，关小羽下定决心，一定要在三天内亲手抓住这个阿备嫂，他倒要看看这个曾经让剿总大队官兵们吃尽苦头的阿备嫂头颈上究竟长了几颗脑袋？过了这三天，关小羽是绝对要去台湾的。

他拍拍张小飞的肩。

"等我抓住阿备嫂，我的位置就是你的，一定要帮我上点心！"

正当关小羽花大力气侦缉阿备嫂和她的游击队时，这"共匪"婆像预知了消息一般，竟然停止了所有大大小小的军事行动，就像从人间蒸发似的消失得无影无踪。

这个狡猾的"共匪"婆一定就藏在自己的身边，他已经嗅到异样的味儿。可猜疑总归是猜疑，他始终想不明白这个精明的阿备嫂究竟藏在岛城的哪个旮旯窝里了呢？

回到侦缉处已是傍晚时分，关小羽和张小飞大碗大碗地喝着浓浓的糯米酒，嘴里塞满了扯得细细的黄鱼鲞，咸咸地略微带着一点甜口……喝着喝着，关小羽一阵激灵，猛地踢翻长凳，拔出贼亮的勃朗宁消失在茫茫夜色之中……被桌上摇晃的糯米酒溅了一身的张小飞惊出了一丝冷汗。不知道这个怪兮兮的上司又发啥神经了？他赶紧提着枪骑上车跟在关小羽的屁股后面，朝海边狂奔而去……

码头上，王小梅的刘记小酒馆里，众多的酒客正在喝酒。关小羽一个鹞子翻身跃上高高的石台，像一阵疾风似的刮到王小梅的身边，还没等她回过神，冰凉阴森的勃朗宁紧紧地顶住了老板娘王小梅的太阳穴。

"阿备嫂！"

关小羽嘿嘿地狞笑着。

"真会伪装，你这个"共匪"婆骗了我们多少年？今天终于可以露出原形了"。

"什么阿备嫂？不要乱讲瞎讲，阿备嫂是游击队，游击队是要被枪毙的，你可别吓我，我一个妇道人家胆子比针眼还小呢。"

"你胆子小？你在我们眼皮子底下藏了多少年？你还胆子小？我看你胆子比海里的鲨鱼胆还要大！"

"你说我是阿备嫂，不要乱泼污水，证据呢？"

"证据？你还想要证据？"

关小羽一把撩起王小梅的围裙，两片扁平平的黄鱼鲞插在她腰间的围裙上。王小梅挣扎着，关小羽用枪紧紧地顶住她的太阳穴，猛地一把抽去黄鱼鲞，两把闪着阴森森烤蓝的二十响被关小羽重重地摔在桌子上。

"这是什么？难道也是你烧菜的铁勺子？"

刚才还傻愣愣看戏的食客们猛然悟到了什么，哄的一声全都跑了个精光。关小羽刚继续想说啥，一支冰凉的铁疙瘩紧紧地顶在他的脑门上。

"把枪放下！不然就要了你的命！"

烧菜的胖厨嫂不知不觉地绕到了他的背后，一声猛呵，粗大的手指慢慢地钳去了关小羽的勃朗宁。

关小羽大声叫嚷着。

"张小飞，快抓住'共匪'婆！"

张小飞踹去脚踏车，跃上栏栅，端着两把二十响对准了王小梅和胖厨嫂。

"这叫螳螂捕蝉、黄雀在后！"

关小羽得意地狞笑着，拿起桌上那两片黄鱼鲞使劲地拍了拍！胖厨嫂朝他努了努嘴，关小羽回过头，只见张小飞手上黑洞洞的枪口正对着他的眉心，关小羽猛然醒悟，胸口一阵阵急骤地发起疼来。

"你？你？张小飞，你竟敢背叛党国？我被这些共产党暗算，到头来连你也竟敢暗算我！这些年我待你不薄，你良心何在！"

"处座，党国气数已尽，现在连老蒋都丢弃了南京跑到台湾去了，你说那小小的岛国能够抵挡得了共产党的千军万马么？识时务者为俊杰，处座，你也降了吧！"

关小羽猛一个鲤鱼打挺，将手中两片锋利的黄鱼鲞狠狠地射向张小飞，王小梅手起枪响，一股暗红的血从关小羽的眉心喷射出来！镶在木柱上的黄鱼鲞不断摇晃着……

远处，一叶白帆拖着一条白晃晃的水道渐渐消失在了东海深处的蓝天碧水间，只见码头边上的那座木式酒楼被烈火燃烤得越来越炽烈，像海龙王冲冠的怒发，更像是黎明前最耀眼的那一道曙光……

茶山浦传奇

"手拉风箱呼呼地响，火炉烧得红旺旺啊，女婿来补锅瞒了丈母娘，操作要留意呀当心你手受伤，双手烧伤不要紧，怕只怕，说服不了我的丈母娘，兰英我的妹……"这段民谣一唱，就将昔日"补锅佬"的形象活脱脱地勾勒了出来。

张阿信就是这么一个带着传奇色彩的"补锅佬"，这在穷乡僻壤的茶山浦谁都知道。

那时候，三教九流混杂的茶山浦边还没有一家门面，做小生意的人都围聚在小河边，一字排开，你买菜，我切肉，你补锅，我打铁……人来人往，煞是热闹。

而在我们的印象里，一些补锅匠走街串户，悠悠地唱"补——锅——嘞——"，嘹亮的嗓音绕梁不绝，惹得一帮婆婆媳妇忙着找出破锅烂碗。"补锅佬"走在弄堂里，锅碗瓢盆一阵乱碰乱响，酷似一支五音不全的打击乐队，十分热闹。唯独张阿信这个"补锅佬"是个例外。他的小摊是固定的，从不走村串巷兜揽生意。张阿信的补锅摊就设在小街的最边上，逢到摆摊人少的时候也一样。有人曾打趣说："张补锅佬，你守着这么偏僻的角落，为啥？现在摆摊的人少了，为啥不朝前挪挪？"张阿信傻傻地笑了笑，"这里刚好，这里刚好，叮叮当当地敲起来，怕影响别人做生意。"日子一久，整条小街认识他的人都说，"张补锅佬"这个人实在。

"张补锅佬"的手艺在茶山浦是出了名的，原本烧得都快露底的茶壶、锅子，经他叮叮当当一敲，半支烟功夫就像变戏法似的换成了新做的一样，而且价格也实惠，小的两文钱，大的四文钱，这样，客人们不仅省了钱，最重要的是本来只能扔掉的家什又可以重新使用了。

"张补锅佬"是个外乡人，正因为外乡人，所有茶山浦的人都不清楚他的底细，只知道他是一个木讷的生意人，凡事从不和人计较，平时遇着一些没带够钱的主顾，他也是能免则免。

最近岛城接连发生了几起入室杀害朝廷官员和与朝廷走得比较近的财主老爷的案件，而且被杀害的那些人都是有些来头的，县里的刘知县、孙把总、高庄的王财主，都在一天内死于非命，死法也一样，都是被人用柳叶飞镖远距离扎入胸口，一镖毙命，经搜查，每家府中的财物丝毫未动。几天后，负责岛城军事防务的翁总兵也被人杀死在府中，手法和前三起一模一样，这下把京师的慈禧老佛爷给惊动了，赶紧派出了大内侦缉高手来岛城侦破此案。连续几天竟然有这么多的官员和财主被人杀死，而且杀的都是朝廷的有功之臣，又不为窃财，这凶手和死者之间绝对都有着血海深仇的关联，否则不会下此狠手。刘知县、孙把总、翁总兵都是几年前从江南大营调派过来的湘官，而王财主在剿灭太平天国余孽的战争中，也是出过大力的，不仅出粮，而且还出资从日本购买了大口径炮火支援剿匪的清军,显而易见,这四个对朝廷有功之臣的被杀一定和隐藏在民间的太平天国余孽有关,难道这个高手现在还躲在岛国的某个角落不成?

清军在整个岛国的大街小巷都贴满了缉拿凶手的告示,告示称,有谁提供杀害朝廷要员凶手的信息者,奖励黄金百两。这个价码开得可真够高的了。一时间,整个岛国议论纷纷,小小的茶山浦也不例外,一些主要通道的墙壁上也贴满了告示。有几个好事者路过"张补锅佬"的补锅摊时开着玩笑说:"你这个死锅佬要是凶手就好了,这下我们哥几个就发了,那可是百两黄金啊!""张补锅佬"嘿嘿地傻笑着,依旧叮叮当当地敲打着他的锅底子。

茶山浦好像真的是出事了。

木讷的"张补锅佬"已经有三天没来茶山浦摆摊了,这下人们都纳闷了。以前,这"张补锅佬"是从来不迟到早退的,早上六点设摊,晚上五点收摊,回他租住在荷花弄的那家四合院里。有些人以为他病了,也没在意,可有些人按捺不住了,锅漏了、壶破了,等着急用,只得找上门去……

"张补锅佬"租的房子有一个独立小院,租房给他的冯寡妇当初就有点纳闷,这"张补锅佬"孤身一人为啥要租这么大的院落?"张补锅佬"笑了笑对她说,一个人图个清静,宁可多花俩钱。既然话都说到这份上了,张寡妇也没多问,乐得多收银子。那天,锅底漏了个大洞的阿翠嫂急急忙忙跑到荷花弄,敲了敲院门,没人应,就使劲喊起来:"张补锅佬,张补锅佬,我家的锅底漏了,赶紧给补补!等会亲家公要来,急用着哩!"扯破了嗓门,还是没人应,一推院门,没上箍,轻轻一推,吱呀一声就开了。"张补锅佬,老张头……"突然,阿翠嫂疯了似的从院子里跌跌撞撞跑了出来,口里直喊:"杀人啦!杀人啦!"闻听疯叫的人们涌进了院子,接着又惊慌失措地纷纷跑了出来……

有人赶紧报了官。

不一会，一队全副武装的清兵包围了整个荷花弄。院子里共发现八具死尸，都是前几天刚刚到达的京师侦缉高手，听说个个都有非凡的武艺。八具死尸都着清一色夜行衣，每人持快刀一把。经仵作检验，这些人都是被插在胸口的柳叶飞镖一镖毙命，难道这病恹恹傻乎乎的"张补锅佬"就是那个连杀四名朝廷功臣和八位大内高手的凶手？可"张补锅佬"究竟跑到哪里去了呢？清兵们将整个荷花弄翻了个底朝天，就是不见"张补锅佬"的丁点影子。

有人说，这平时一声不吭的"张补锅佬"原本就是一位传奇人物，他是太平军的某个孤王，拥有一身非凡的绝世武功，漏网的他隐姓埋名，活在世上的唯一目的就是为了复仇。打探到几个仇人都在岛国，就一路跟了过来，伺机动手。也有人说，辅王杨辅清带着一部分太平军逃到了太平洋某个小岛上，后在福州加入绿营发展组织时，遭闽浙总督发现逮捕并殉难，这次他专门从小岛上潜入进来，目的就是杀尽达官贵人为辅王报仇。也有人说，"张补锅佬"被查之行踪的大内高手包围后，仗着绝世的武功，杀出重围，趁着夜色租小船逃离了岛国，北上杀清妖去了。

第一枪

小巷静悄悄，灰白的青砖密密匝匝，分不清哪是出口，哪是尽头。

满脸络腮胡的中年男子一手拿着锃亮的匣子枪，一手捂着小腹，殷红的血顺着指缝缓缓渗出，他的脸闪过一丝狞笑。

小巷的两头围满了荷枪实弹的警察，带队的是定海城侦缉队队长关平。关平是个神枪手，这在小小的定海城都是家喻户晓的。

晌午十分，太阳刺眼地照着整条小巷，每一个人额头都湿漉漉的。

"队长，还是冲进去吧？活捉那家伙！"

"不行！饭都捂锅里了，不急这一时半会儿。"

"那可是江洋大盗曹皮啊！"

"曹皮咋啦？老子还不信他能飞檐走壁了不成？"

小巷对面有一道两丈余高的围墙，只要翻将出去，便是茂密的丛林了。

关平将枪瞄准了巷子的角落，单等曹皮露头。

曹皮甩起匣子枪，几个点射就将蠢蠢欲动的警察给压了回来。

关平端枪注视着前方，不敢有丝毫的懈怠，他知道，曹皮要趁势溜了。

曹皮是定海地区有名的江洋大盗，这次带着同伙竟然将地道挖到了定海钱庄的金库底下，盗走了 300 公斤黄金和 10 多幅价值连城的名家字画。那可是惊动了老佛爷的惊天巨案，局长也三番五次强调，一定要活捉大盗曹皮，不许击毙，到时候要亲自押送进京，听候老佛爷发落。

曹皮猛地窜上二丈余高的围墙，一个筋斗翻了出去。关平跟着连开三枪，枪枪击在了曹皮脚后跟下的砖墙上。等所有警察冲上去时，只见墙角剩着一摊血迹，曹皮早已消失得无影无踪了。

“切！还第一枪呢？狗屁不如！”

“愧对定海第一枪的名号！”

四周远远围观的人群一片哗然。

局长将关平叫到办公室，骂了个狗血淋头。

“你号称定海第一枪，竟然让一个受了重伤的江洋大盗在你的枪口底下逃脱，从现在起你这第一枪的名号就撤了吧！”

一个月后，定海城郊的"三道仙"酒楼。

定海第一枪关平和定海第一抢曹皮又见面了。

这次没有血腥的对决，摆在他们面前的是一桌满是山珍海味的佳肴。

“老弟，这次将你单独约到这里，权当哥哥敬你这位定海第一枪。我知道上次你开的那三枪不是打不准我，而是故意放我走的！来，我敬你一杯！”

关平埋头喝着酒，啃着肉，半晌才说话。

“我看过你的宗卷，你偷了那么多黄金和字画都是为了你的那个革命党，就冲这，我敬你！”

“革命党？啥子哟！又是你们的局长大人给我扣的高帽子吧？你虽是侦缉队队长，但里面的实情你委实不知道！像我这样吃江湖饭的人革命党会要我？扯淡！我就是一江洋大盗，你知道我行走江湖几十年，过着刀头舔血的日子，但为啥总不失手吗？”

“为啥？”

“我抢的那么多宝贝最后到了我手里的只有三分之一，你说我容易吗？其余去了哪里？我不说你也懂的！你们局长不是早跟你说了吗？必须活捉，不许击毙，玩的就是'捉放曹'，哈哈！”

关平的脸涨得跟猪肝似的，不停地喝酒，不停地吃肉，连曹皮啥时候走的都记不清了。

　　一年后，曹皮带着十余个江洋大盗被关平的侦缉队堵在了城东一座深宅大院内，这次曹皮不仅抢了吴家，杀了连吴老爷在内的十三口人，还强奸了吴家三房姨太太……

　　十余个大盗蜂拥而出，侦缉队一字排开，端枪平射，大盗纷纷倒地，最后只剩下曹皮蜷缩在砖墙背后。

　　"关队长，听过'捉放曹'的故事吗？"

　　"听过，咋啦？"

　　"听过，那再将枪口放低一点！其余之事我自有安排，你不用再操心！"

　　突然，曹皮又猛地窜上二丈余高的围墙，一个筋斗刚将翻出墙去，只见关平端着一杆狙击步枪，"啪"，一记点射，击中了身轻如燕的曹皮后心窝。

　　"神枪，果然是第一枪！"

　　"这才是咱们定海第一枪！"

　　远远围观的人群一阵叫好！

古　墓

　　方阿翠，初次听这名字，一定都会以为是个女人，其实方阿翠是一个地地道道的男人，而且还是个干蛮力活的粗男人。茶山浦地处临北山区，主产玉米、小麦、红薯和洋芋，乡亲们就以杂粮为主食。这些杂粮，吃时都要用石磨将其磨碎磨细，因而每家每户都少不了这石磨。石磨为上下两块吻合的圆形石礅，一面刻上石槽,上面一块还挖有漏粮食的石眼,另在旁边挖一方孔,安上横木。推磨时手握一个连着横木的丁字形木支架,通过身体和双手的前后推拉,带动石磨转动,从而将粮食碾碎。石磨用得久了,磨上的石槽渐渐被磨平,这时就要请"钻磨佬"来钻磨了。"钻磨佬"先将上面的一块石磴移开并翻过来,然后一面哼着五句子山歌,一面用钻子仔细地将这些石槽重新挖深……

方阿翠就是一个"钻磨佬"。

方阿翠年轻的时候是一个卖相俊朗的帅小伙,后来一场大火把脸给烧坏了,方阿翠成了一个丑男人。但脸坏了手艺可没坏,反而比以前做得更精致了,十里方圆的乡亲只要钻磨,都会上门请他。几年下来,方阿翠积攒了一点钱,就打算说一房媳妇,上了年纪了,时光难挨啊。

方阿翠的娘是个瞎子,娘俩相依为命,这些年,瞎子娘没少为儿子的婚事操心。方阿翠的娘拿出了省吃俭用熬下来的几块银圆,请荷花浦最能说会道的刘媒婆上门一起合计儿子的婚事。刘媒婆收了银圆后更尽心了,不出几日,她就带了一个标致的姑娘上门相亲来了。听刘媒婆说那姑娘是黄杨尖山后人,今年28岁,丈夫前年出海时遇到了台风,翻船死了,至今连尸骨都没能找到。女人名叫王晓梅,上门相亲后,对方对阿翠印象还不错,虽说面孔丑了点,女方图的就是他老实肯干,嫁给这样的男人实在。但王晓梅提出了一个附带条件,就是要带儿子一起过门。能找着这么一个天仙貌美的老婆,莫说一个条件,十个也应了。方阿翠嘿嘿傻笑着,使劲点着头。

自从王晓梅过门后,方阿翠的家彻底变了模样,不仅新砌造了三间大瓦房,王晓梅还有了身孕,对他和瞎子娘更是体贴敬重有加。方阿翠整日醉着小酒,哼着小调,生活赛过了活神仙。

可好景不长，方阿翠老婆王晓梅和瞎子娘还有儿子都被人用刀戳死了。行凶杀人者不是别人，正是方阿翠的邻居陈大猫。陈大猫是个游手好闲的浪荡子，整日混迹于荷花浦上的一些大小赌场，靠蛮横抽头混日子。那天，喝得醉醺醺的陈大猫跌跌撞撞路过方阿翠家的院子，看到年轻貌美的王晓梅在晾晒衣服，仗着酒兴就上去调戏。刚过上几天好日子的王晓梅哪里肯依，不顾身孕，两个人撕打了起来。蛮横的陈大猫拔出尖刀一把扎进了她的肚子，接着，一不做二不休的陈大猫将闻声赶来的瞎子娘还有儿子都一刀给戳死了。从外面刚给大户人家钻磨回来的方阿翠闻见噩耗，顿然昏厥了过去。醒来后，方阿翠闯进了陈大猫的家，扬起磨钻狠狠地砸了下去，还没酒醒的陈大猫稀里糊涂地做了地府里的一个混鬼。闻讯赶来的县侦稽队将两家的房子团团围住，最后将浑身是血的方阿翠五花大绑地押走了。

侦稽队队长姓张，是去年刚从杭州调过来的。张队长能力强，破案手法有一套，但有一点嗜好就是财迷。其实财迷无可厚非，但张队长这个财迷有点伤阴节，就是喜欢古墓里的那些宝贝儿。来岛国一年时间，张队长就带着手下的得力干将踏遍了这里的山山水水，明里说是调查民情，暗地里却是在摸排当地山上的古坟大墓。前几天他探听到刺山山腰有一座康熙年间的古墓，墓主是当地一位大财主，在世时拥有岛国最大的鱼庄，死后听说有无数珍宝陪葬。墓主的后人因康熙年间的海禁，全都迁了往内地。其他古墓年久失修，被人盗的盗，偷的偷，破烂不堪，而这座古墓不知加了何等材质，盗墓贼光顾了一拨又一拨，就是束手无策，所以至今还是完好无损，这更加激起了张队长的好奇心，民盗是盗，官盗也是盗，但总不能像张殿英那样用炸药炸东陵那样去炸古墓吧？

机会终于来了，现在他手里有了一个杀人犯，而且这个杀人犯不是一般的人，是一个"钻磨佬"，"钻磨佬"能钻透任何石板，也一定能够钻透任何古墓，张队长暗自窃喜。

那天夜里，他独自提审了方阿翠，"你知道你犯的是死罪吗？"方阿翠一声不吭。

"陈大猫调戏你媳妇，杀害了你们全家，那是死罪！但你也不能将他给杀了呀，杀人可是要抵命的！"

"不过，我可以救你一命！"

"那个陈大猫确实是死有余辜，你只要听从我的安排，我保你没事！"

"啥办法？"本已心如死灰的方阿翠眼睛一亮，终于开了腔。

"帮我钻开一座古墓，将里面的宝贝都给我取出来，然后我就把你送到一个安全的地方，这样你还可以娶妻生子，传宗接代，不愧对自家的祖宗。"

这可是生的唯一希望，方阿翠应承了下来。

第二天一大早，张队长召集亲信押着方阿翠来到那座古墓前，其他人在四周实行警戒，不让任何山民靠近，只留方阿翠独自一人用榔头和特制的钻磨轻巧地在大墓周壁飞快地凿着。晌午十分，方阿翠大声喊着，"开了，开了！所有人都兴奋地围了上来。可黑黝黝的墓道谁都不敢先进去，张队长拔出快慢机一把顶在方阿翠的脑壳上，"快给老子进去，凿开棺木，然后将所有的宝贝都给老子装到这个口袋里，别要滑头，否则老子一枪毙了你！"

方阿翠喏喏地应着，然后一头钻进古墓"叮叮当当"地凿了起来。傍晚，天色渐渐暗了下来，古墓里不见了动静，朝黑黝黝的洞口喊话也没回音。张队长命令两个手下持着枪，嘴里衔着手电筒，硬着头皮慢慢潜了进去。突然，两个人像见了鬼似的从墓道中撞撞跌跌跑了出来，他们上气不接下气地对张队长说，墓道里空无一人，只剩下一些细碎的珠宝和已经腐烂的尸骨，可这方阿翠究竟去了哪里了呢？古墓坚不可摧，难道他触怒了鬼魂被收走了？难道他真的有遁地入天的本事？可不管怎样，方阿翠带着无数的珍宝突然人间蒸发那倒是事实。

第二天，岛城所有的报纸上都刊登了一条重要新闻，说"钻磨佬"方阿翠从戒备森严的监房神奇般潜逃后，竟然掘开刺山古墓，将墓中珍宝悉数偷盗，后遁地不知去向，凡提供线索者，奖大洋 500。

燃烧的账单

轻轻打开那只精致的盒子，她捧出一大摞厚厚的影集小心翼翼地翻看着，他、她、儿子，蓝天、白云、花儿……每一个场景，每一个动作，每一份爱意都历历在目，仿佛昨日才刚刚发生一般。影集里的照片有昔日的，更有现在的，有他抱搂着她，也有她缠绵着他……越往下看，她的心就越觉得发疼，疼得她紧紧捂住胸口，仿佛快要窒息一般……

当初为了一个誓言，她无怨无悔地钻入一张虚无缥缈的网，换来的后果是众叛亲离、丢掉工作……

她是一个教师，这在贫困的家乡就好像吃上了皇粮般的荣耀。老实巴交的丈夫捧得她像掌心中的那滴露珠，生怕一不小心她就会蒸发得无影无踪一般。随着时间的推移，平淡的生活让她的心里藏下了另一份爱。几天后,她辞去了工作,断了一辈子当老师的梦想,拿了几件换身衣服,撇下老实得砸不出半个屁来的男人和年幼的儿子,与另一个男人坐火车一路颠簸去了广州。

一晃十四年过去了,十四年里,她始终没和父母通过一个电话,她知道,打电话回家是多余的,因为,在家乡她已经是一个十恶不赦的罪人了……

三年前,他们用积赚下来的积蓄盘下了广州老城区一个门面,开了一家重庆火锅店。针对广州人爱吃海鲜的特点,他们增加了花色繁多的海鲜火锅,几年工夫,直赚得钵满碗溢……有了豪华的住宅、华丽的房车和一个乖巧的儿子,可这好端端的家却因一次意外,而滑入了深渊……

男人开车带着十岁的儿子去附近的一座水库学游泳。第二天,人们在水库的闸门边发现了一大一小两具尸体。闻讯赶来的她抱着两具尸体直哭得天昏地暗,围观的人看了都为之动容。

恍若隔世的突变,将本来很有主见的她彻底击倒了。有好友提醒说,你在老家不是还有一个儿子吗?可以把他带过来一起打理生意呀。

对呀,俺还有一个儿子,咋就把他给忘了?自己也快奔五十的人了,赚那么多钱干吗呢?应该给儿子有所补偿了。

几天后,她和好友开着车风尘仆仆地赶回老家。十四年了,老家的路还是那么的狭窄,不仅泥泞又多坑,路边疯长的茅草压抑着快让人透不过气来了。

车子在凹凸不平的小路上蜗牛似的爬行着,许久,才看见山岙里那两间低矮的茅草房,在山风的吹刮下,摇摇欲坠。所有的一切都还是原先那般的荒凉,那般的凌乱不堪……

下车后,大家隔着窗子大声喊着,有人吗?有人在吗?

许久，一个蓬着乱发的大男孩从门缝里挤了出来。她心里陡地一怔，鼻子酸酸的。她猛地转过身去，跑到小沟旁不断呕吐起来。

好友问那个男孩。

你爹呢？

他死了，你们是谁？

你爹死了？

看着眼前这些陌生的城里人，男孩指着不远处一座微微隆起的土丘，默默地没有再说话。

要不是土丘顶上插着一杆白幡，还以为那只是一座普通的土丘呢。

她是你娘，快叫娘。

俺娘？俺娘早死了，俺没娘！

男孩斩钉截铁地说。

真的是你娘来看你了。

来看俺？俺娘早死了！

狗仔，俺真的是你娘！以前是娘不对，现在娘一定要好好补偿你！

补偿俺？俺和爹最需要你的时候，你在哪里？现在来找俺，补偿俺？俺不稀罕。

男孩拂袖而去。

几天后，好友交给她一张纸，刚从作业本上撕下来的田字方格，上面的字写得东歪西倒……

十四年了，你从没写过一封信回家，俺只能在梦里偷偷想念你。

十四年了，你整日大鱼大肉，俺吃的是残羹剩菜，有上顿没下顿。

十四年了,你穿的是绫罗绸缎,俺穿的是三叔公孙子二鼻涕施舍的缺袖笼少门襟的旧衣裳。

十四年了,俺出了一次麻疹、拉了八回痢疾,为了摘树上的柿子摔断了两次胳膊……你又在哪里?

十四年了,俺扒火车曾去广东找过你,可你留的地址是假的,俺就被公安局当作盲流送了回来。

十四年了,爹死的时候一直喊你的名字,曾和姨妈联系,希望能在"走"之前见上你一面,你又在哪里?爹是睁着眼睛走的。

俺现在也有十六岁,是个小大人了,俺没有娘!俺不会跟一个陌生人走的!俺要替爹守一辈子的坟。

……

读着读着,泪水爬满了女人消瘦的脸庞,她掏出火柴轻轻点燃了手里的那张账单,一股焦味的清香刹那间弥漫了整个屋子……

赶仗佬曹十三

曹十三本名其实不叫曹十三,他有自己的大名叫曹帮国,十三是顺着家里排行定的。曹家在临城洞岙是个大户人家,这个大户并不是说他家多有钱,而是因为他家里生的孩子多,曹十三是曹家最小的儿子。作为往来舟山与上海之间替东家跑船帮的父亲,他到死都没能明白,自己这个含在嘴里都怕化掉的小儿子日后咋就会变成一个"赶仗佬"了呢？"赶仗佬"说白了就是一打猎的。从小在私塾里泡大的曹十三最后会成为一个"赶仗佬"，那里面还有一个鲜为人知的故事呢。原因源于曹十三的远房表叔，他的表叔是驻扎在定海城里的国民党军队中的一名上校军官，老家也在洞岙。逢年过节回家看望老母亲，总爱骑着一匹高头大白马，一队全副武装的士兵抬着数十只烤漆草花梨木盒，那架势比清朝皇宫里的阿哥还阿哥。

要做一个"赶仗佬"首先得会使枪，传说曹十三有着一手"百步穿杨逐箭空"的本事，那本事就是跟他的表叔学的。每次表叔回老家，年幼的曹十三总爱往表叔家跑，这并不是因为表叔回家时带来了"蜜饯莲藕片""糖渍冬瓜片""糖莲子""蜜枣玫瑰"等诸多好吃的点心，而是佩戴在表叔腰上的那把勃朗宁手枪深深吸引着他。表叔很疼爱曹十三，每次一有空就会带他上屋后的黄杨尖山，找个草垛或者树干当目标射击，后来不过瘾，就专门寻活物当靶子。黄杨尖山虽然不高，但绵延数百里，山茂林密，野猪、山鸡、草獐、野兔等山味儿应有尽有。每回进山，表叔也偶尔会让他开上几枪。刚开始时，胆子比牛胆还大的曹十三瞎猫碰到了死耗子，也偶尔会打上一两只野兔啥的。后来，越打越上瘾，每次上山都是满载而归，连带兵多年的表叔也摸着他的头说，长大后干脆跟表叔扛枪吃粮算了。

后来东洋人开着铁壳火轮打进岛国，表叔只好带着驻岛的国军撤到了对海的四明山，国共合作期间，就和共产党军队一起上山打着游击。没能再摸上枪的曹十三按捺不住寂寞，一个夜黑风高之夜，艺高胆大的曹十三摸到城西一鬼子兵营的岗哨旁，将一个站岗的鬼子给杀了，抢得三八大盖一杆，子弹无数。守卫岛国的司令官山本大佐得到密报说是附近的游击队干的，就气急败坏地出动了两个中队的鬼子，对游击队的根据地陈屋里进行全面围剿。一场战斗下来，游击队死伤无数，躲过劫难的人都被迫连夜渡海撤到了对面的葫芦小岛隐蔽了下来。

鬼子将所有打死的或者受了重伤的游击队都拉到城门口枭首示众。那天，曹十三也躲在人群中看热闹，看着看着，曹十三有点心惊胆战，这并不是说他胆小，而是良心上过不去。人是自己杀的，受过的却是人家游击队……

从城里回来后，曹十三一声不吭，他将自己关在屋子里，使劲地擦着那杆三八大盖。一听有人走近，他就立马将枪塞进被窝，然后装着一副若无其事的样子，使劲搓着手，嘿嘿地傻笑着。几个"赶仗佬"约他一起上山打猎，他将三八大盖套在一条特制的布袋里也跟着出了门。

三八大盖和别的土枪有着天壤之别，打起猎来不仅穿透力强，还一枪一个准。那些"赶仗佬"看得眼红，纷纷抢着闹着要看他究竟使的是啥秘密武器？曹十三就是不肯，有几次还差点红脸打了起来。其中闹得最凶的要算赤屁股长大的陶阿三了，陶阿三一摸布袋里的枪，就私下问他："城里那个鬼子是不是你杀的？"曹十三就是不吭声。

有一天夜里，大批鬼子兵将曹十三的家团团围住，山本大佐命令士兵将所有人都赶到屋前的烂田里，周围架起的机关枪虎视眈眈地盯着这些手无寸铁的乡民们。山本说："杀害'大日本皇军'的优秀士兵，夺取枪支就是曹十三干的，只要他交出幕后指使的人和枪，可保大家平安无事，胆敢包庇者格杀勿论！"烂田里人群鸦雀无声，都不肯说出曹十三的藏身之处。恼羞成怒的山本刚要挥动东洋刀下令大屠杀时，曹十三揣着双手从墙角边闪了出来，他说只要放了家人和乡亲们，他就带他们去找枪，还有游击队，他说枪和游击队都藏在一个山洞里。最后还提了一个附带条件，就是带陶阿三一起进山。理由是，陶阿三是自己的好朋友，好朋友就得有福同享有难同当。善于揣摩对手心理的山本看他不像是在说假话，就命人将所有人都放了，然后还找来了陶阿三一起进山。陶阿三吓得尿了裤子，就是不肯挪步，凶神恶煞似的山本将枪抵在了他的脑壳上，他这才连滚带爬地跟着曹十三和鬼子们进了山。

曹十三所说的山洞就在黄杨尖山的最深处，那里常年罕有人至，洞口被一棵松树紧紧遮住，如果不仔细打量，真看不出那里还有个山洞，就连常年在此打猎的陶阿三也是头一回知道。

曹十三用柴刀砍掉了四周的松枝，一个八仙桌大小的洞口呈现在了大家的眼前。看着黑黝黝的洞口，山本和所有鬼子都不禁有点犯怵，不敢先行进去，生怕中了游击队的埋伏。山本呵斥曹十三和陶阿三两个人先进洞去，叫里面的游击队乖乖地出来受降。曹十三鞠着躬哈着腰，简直就像一条没了脊梁骨的哈巴狗，他告诉山本说，洞里的游击队都让自己用蒙汗药给蒙翻了，皇军可以不费一枪一弹就可以全部消灭他们，条件是换自己一条狗命。如果胆敢欺骗皇军，死啦死啦的。最后，山本还是信了这个土头土脸的曹十三，他命令所有人都打起了火把，命令曹十三在前面开路。

曹十三和陶阿三打着火把小心翼翼翻进山洞，深长的洞中堆满了干巴巴的松枝，到处都飘荡着一股难闻的霉味儿。在山洞深处，曹十三问陶阿三："我和游击队是不是都是你给出卖的？鬼子给了你多少赏钱？"陶阿三赶紧矢口否认，曹十三扯着他的胸口狠狠地给了一拳，几十块白花花的银圆叮铃当啷地掉落下来。"这就是你出卖我们得来的肮脏钱？奶奶的!你这个狗汉奸。"他一脚将陶阿三踹翻在了松枝丛里，山本和所有鬼子都紧张地将枪口对准了曹十三，"快将枪和游击队都交出来，否则死啦死啦的！"山本发疯似的叫嚷着。曹十三仰着头哈哈地大笑起来，他将手中的火把抛向了地上的松枝堆，顿时，像浇了油的松枝噼里啪啦快速地烧了起来，越烧越旺。接着，一阵接一阵的爆炸声此起彼伏地响了起来，直炸得地动山摇……

后来，一些上了年纪的人都说，那次爆炸将黄杨尖山削掉了半只角，山本和所有鬼子都被炸得粉身碎骨。也有人说，曹十三为了救全村的乡亲，早已做好了赴死的准备。他预先在山洞里铺设了遇火即燃的油松枝，还将所有子弹里的火药都倒出来洒在了松枝上。也有人说，当初见钱眼开的陶阿三为了两百元赏钱告发了游击队和曹十三，曹十三拉着他在阴曹地府干了一架，据说现在还坐在地府门口的那块青石板上，死活不让他钻上来……

墓志铭

韩医生是一位赤脚医生，生得白白净净，还戴着一副老式金边眼镜。如果身上没穿上件白大褂，脖子上没挂个听诊器，表袋没别上块胸牌，根本看不出他是一位赤脚医生。细细打量，倒像是一位机关雇员，或者是教国文的老师。

但他确实是我们村里的一位赤脚医生。

韩医生老家在上海，知识青年下乡那会插队到我们村，行医多年，医术高超，不仅本村村民都到他诊所瞧病，就连附近的一些邻村村民一遇到头痛脑热的也纷纷赶到他诊所求医。听村里最年长的七叔公说，"文革"后期，关在牛棚里的韩医生遇到了一位和尚，据说还是当地慧云寺一位身怀绝技的高僧，那位高僧给了他一个医治颈椎病的秘方，这下，连周边县镇的渔民们都闻讯跑来看病。所以，这几十年下来，经他手看过的病人用成千上万来计算也不为过。

在常人眼里，医生是很赚钱的，可韩医生赚钱却不多。连他那两间破旧的小诊所也是五十年一个样。再拿他身上穿的白大褂来说吧，破了也不扔掉，常常打个白补丁就算数了。这不是说韩医生很节约，而是他卖给乡亲们的都是平价药，遇到那些没钱的患者，韩医生常常还得倒贴，还时常买这买那上门去探望那些卧床不便走动的病人。

韩医生的诊所在村东头那株硕大的老槐树下，两间小平房，虽然简陋，但住着韩医生，有了灵气，加上络绎不绝的病人造访，倒也显得人气十足。特别是夏天，候诊的病人排起了长队，诊所里实在坐不下了，韩医生就请村里的李木匠打了五条像馄饨担一样的候诊椅，为了让更多的病人了解自己诊所的诊费和药费，韩医生还在诊所的空墙上挂了一块一米见方的牌子，用防腐板做的，上面工工整整写满了毛笔字：

诊费免付。

包扎费免。

安乃近 5 分一片。

青霉素 5 角一瓶。

速效感冒丸 8 角一板。

维生素 E2 分一片。

头孢拉定 4 块一板。

老虎膏 2 块一贴。

庆大霉素 2 角一支。

诺氟沙星 1 块一板。

云南白药 5 块一瓶。

SMZ6 块一瓶。

马应龙 5 块一支。

氟轻松 1 块一支。

紫药水 1 块一瓶。

……

韩医生是一个鳏夫。还是听七叔公说韩医生以前曾结过婚，而且还有两个女儿，记得"文革"时，因为韩医生的父亲是地主出生，波及他。这下要命了，韩医生每天被红卫兵拉到乡里的广场上挨斗。一天晚上，一些不明身份的人操着红砖和利石将他家的窗户玻璃全都砸了个稀巴烂，惊恐万分的妻子被吓疯了，在一个风雨交加的深夜，她带着两个幼小的女儿一起跳进了茶山浦，五天后三具紧紧抱在一起的尸体才在浦角的草丛中被一个放牛娃偶然遇着，好心的村民将母女三人草草安葬在了黄杨尖山脚下的乱石岗。十多年后，韩医生将妻儿的乱石坟迁葬在了刘家岙公墓，这是韩医生一生中最欣慰的一件事了，因为从那天开始，苦命的妻儿总算有了一个正式的家。

五十年来，村里或者镇上的拐脚、瞎眼、肚痛、风湿、痛风的都慕名来韩医生的诊所求医，有钱的，没钱的，韩医生都是精心救治，从不论钱。

有人说韩医生这样好的男人天下难找，所以，在他 50 岁前后，附近的媒婆甚至患者家属都时不时帮他提亲，大伙都希望韩医生能走出阴霾再成个家，但都被他婉言谢绝了。韩医生喜欢喝酒抽烟，曾有几次深夜，村里的人看见韩医生将诊所门紧闭，独自一人坐在那张破旧的诊台前，喝着一杯杯老酒，抽着一支支烟，每每此时，就是肚痛难忍的患者也不敢再惊扰他……

又是一个风雨交加的深夜，韩医生倒在诊所那张惨白的木椅上沉沉睡去了，他满头苍发，睁大着眼睛，就连胡子也是苍白得吓人……

韩医生的葬礼是村里有史以来最盛大的一次。

他的遗体被静静安放在礼堂里，成千上万的人都闻讯从四面八方赶来祭奠，更多的人在旁边的茶山浦边点上一杆杆蜡烛，将一个个精灵般的孔明灯放上了凄凉的天空……

一些村民找遍了诊所的每一个角落，没有找到一张存折，只有一个破旧的账本，上面写着，王小毛腿瘸免诊费药费 583 元，陈小狗阑尾炎早期免药费 1650 元……

乡亲们筹了一笔钱，将韩医生葬在了妻女旁边。从山上回来后大伙聚在一起商量，总觉得像韩医生这样的好人墓前缺少点什么？最后还是经验丰富的七叔公一锤定音说韩医生的墓前缺一块墓志铭，像他这样有名的人缺这缺那都没关系，就是不可缺墓志铭。于是，大家七嘴八舌开始商量墓志铭上的文字该咋写，请啥高人写。这时候有人跑来说，韩医生的墓志铭不用写了，不知道是谁已经给偷偷立上去了。

大伙跑到韩医生的坟头前一看，顿时傻眼了，只见新立的墓碑旁，深深插着一块木牌，用防腐板做的，上面工工整整写满了毛笔字。

诊费免付。

包扎费免。

安乃近 5 分一片。

青霉素 5 角一瓶。

速效感冒丸 8 角一板。

维生素 E2 分一片。

头孢拉定 4 块一板。

老虎膏 2 块一贴。

庆大霉素 2 角一支。

诺氟沙星 1 块一板。

云南白药 5 块一瓶。

SMZ6 块一瓶。

马应龙 5 块一支。

氟轻松 1 块一支。

紫药水 1 块一瓶。

……

台风眼

海根的阿爹是渔业村的头船老大，常年带着渔民兄弟们出海捕鱼。阿娘是渔村小学的民办教师，母亲是一个天生丽质的女人，无论是走在海岛屁大的陋街上，还是隐没在渔村的小巷里，都会散发出迷人的馨香。

俗话说得好，漂亮女人是非多。这个屁大的小岛最近都在疯传，说海根阿娘趁他阿爹出海之际跟学校的校长私下好上了，传得有鼻子有眼。后来不知道咋传到阿爹的耳朵里，被海风吹得黝黑的捕鱼汉顿时气得脸色铁青。晚饭后,他醉醺醺地喘着粗气责问阿娘,她死活不承认,气急败坏的阿爹一把扯住阿娘的头发,狠狠扇了她几个大耳光,扇得海根和几个妹妹们都吓呆了。阿娘捂着脸"呜呜"地干号着跑进了里屋,她从床头柜子里翻出一个白色的药瓶子,使劲拧开,扬手将整瓶白色的小药片一股脑儿地倒进了嘴里……阿娘死时,幼小的海根和阿爹就在边上,他几次想冲出房去喊人,可每次都被阿爹紧紧拽住了手。

长大后,虽然和阿爹在同一条船上作业,海根却始终不愿和阿爹说话。

曾有几次,阿爹趁船上没人之际,边解着乱麻麻的缆绳,边和他套近乎,可海根理都懒得理,径直跳上码头,坐在冰凉的铁墩子上,一个劲地吸着闷烟。

他曾好几次向村支书提出说要换船,支书就是不同意,总是搪塞说现在头船产量这么高, 每次分红又多, 人家想进都进不了!

我不想和他同一船!

你这龟孙子! 他可是你爹啊!

我没有爹! 我爹早死了!

我咋说你好呢? 陈芝麻烂谷子的事还记在心里? 看看你爹,六十刚出头,看上去老得就像根人筋!

那是他自找的! 反正我要换船!

不行! 反了你了! 你这龟孙子! 你想换就换? 没门!

您不给我换,我就上岸! 不干了总行吧?

上岸去干啥?

做生意跑业务,爱干啥干啥!

跑完这航再说!

老支书摇了摇头，口气缓和下来，这事搞得……老支书也没有法子了，当初是他阿爹执意要把海根分到头船，说和儿子离得近一点，可以多亲近。可几年下来，爷俩非但没有热乎，反倒越来越混搅了，好端端一对父子俩成了陌路人。

大目洋最深处，一头大网下去，随着吊机轳辘的一阵"咯咯"巨响，一张蓝幽幽的大网仿佛出水芙蓉，一条条银光灿灿的带鱼一股脑儿地被网了上来。随着吊机徐徐转动，一堆带鱼在舱面上活蹦乱跳地四处游弋着，仿佛一条条被围困的白精灵在作死亡前的殊死挣扎……

大海突然咆哮起来，狂风怒吼着，铜钱大的雨点打在甲板上乒乒作响，海浪一浪高过一浪发疯似的撞击着船边，仿佛就要吞没整个船儿似的。船儿剧烈摇摆着，渔民们也跟着像喝醉了酒的汉子一样左右摇晃着，狭小舱间里的所有东西连同没有叠好的被褥稀里哗啦地洒满了一甲板，凳子和水桶不停地从舱间的这头滑到那头。每一个人都变得焦躁起来。

风越刮越大，整个海面乌风斗暗，天仿佛快要塌下来了。强大的海浪一次次撞击着船舷，激起十余米的巨浪不断地扑向舱板。阿爹把持着柁盘努力地避着海浪的锋芒，他知道今天是凶多吉少，遇到了百年一遇的特大台风了。

快将网都斩了！快点！

老大，这……有些人不忍心眼睁睁地看着网里的鱼儿跑掉，这可是到手的钱儿啊！

你还要不要命了？咱十几个兄弟的命还是那几顶破网值钱？

海根一声不吭，抹了把湿漉漉的脸，顺手操起太平斧将绷得紧紧的缆绳齐刷刷地砍断。

突然，前方不远处出现一条刺眼的光柱，光柱不停地旋转，搅得海水翻天覆地并伴随着"啪啪啪"的巨响,像海怪将要跳出水面一样,向船儿逼迫得越来越近。顿时,整条船一片混乱。在绝望的呼喊声中,可以清楚地听到渔民们的祈祷声:海龙王啊! 您发发慈悲,救救我们吧?

大海,妩媚时像个多情的姑娘,翻脸时却成了一个怙恶不悛的夜叉,一排排骇天巨浪咆哮着冲了上来,将船儿猛地掀翻……

茫茫浪丛中,海根无助地挥舞着双手,救生圈、塑料粉子、浮筒在眼前疾驰而过,他努力地张着双手,却始终抓不住。突然,一只巨大的手抓住了他的脚脖子,拽着他直朝海水深处拖去,他恐惧地回过头,是阿爹那张白皙苍茫的脸。

阿爹,是我!

十多年了,这是海根第一次喊爹,在咆哮的海水里还是那般的清脆亮堂。话音未落,紧紧抓住脚脖子的手猛然松懈了,一个只能趴住一人的浮筒被推到他的面前。

突然,风息了,水绿了,海根的头顶出现了一个巨大的光圈,一片片絮云漂浮其中。碧水蓝天间,凉风习习,畅快而惬意……

台风眼出现了! 阿根,快! 快游出去……

阿爹竭尽全力大吼着。

常年在海里漂泊的渔民都很清楚,台风眼持续时间并不会太长,一两个小时后,平静会被狂暴再次取代。而且,片刻停歇所造成的错觉,会让人感到,重装上阵的台风,那气势更猛,更烈,更狂暴绝伦,犹如上古巨兽正倾尽全力,咆哮着要毁灭天地万物似的……

海根一直惊奇于台风眼的存在,他始终想不明白,那好似万年巨妖狂魔般的台风,肆虐地蹂躏万物生灵之时,它的内心为何如此的平静? 是因为它彻底的冷酷绝情? 还是它终究不忍赶尽杀绝,而留下的一条生路?

海根使劲吃奶的力气,朝浮筒猛扑了上去,回头一望,茫茫海浪中早已不见了阿爹的身影。

阿爹……阿爹……

晚　钟

暮色中,一望无垠的梧桐树整整齐齐地排列在街道的两边,密密匝匝树叶缝间隐隐约约显露出玛利亚教堂的钟楼, 教堂的钟声清脆地响了起来,悠远而肃穆,像是从苍穹绵延而来,又像是朝大海蜿蜒而去,当……当……当……

灰暗的床上躺着一位风烛残年的老人,枯瘦如柴,已经被病痛折磨得不成样子了。但他的唇角一直含着微笑,谈吐自然,目光清明。他的那只皱满了皮、爬满了灰斑的手拉着她那只干净修长、白皙得如同一件完美艺术品的手。听见钟声,老人双手合掌,按在胸口前默默地祈祷,口里振振有词。

"又一天过去了!"

老太太将一碗微微冒着热气的小米红枣粥端到老人的面前。

"稍微吃点吧? 你今天一天都没吃东西了!"

"我吃不下,胸口堵得慌!"

"人不是钢做的,不吃饭哪成? 稍微喝点吧?"

"你放着吧,等会我喝两口。"

"阿峰他妈,还是你身体好！"

老人感慨地说。

其实两个人年纪只差四年，但老人实在不敢相信曾经在地头里操劳了一辈子的老伴保养得那么好。其实这还得感谢机会，是机会候着了，在后岸老家，老伴跟他不是下地头割稻谷，就是到水田里摘茭白，现在老房子拆迁搬到了这里，地没了，活也没了，但他的身体一下子垮了。幸好老伴身体结实，不仅可以将病榻中的他伺候得好好的，还可以溜达到门口的菜场边，汇入排舞大军，踩着佳木斯欢快的音乐节奏……老太太心态好，这是老人最不用担心的，即使自己有朝一日先走一步了，也不用多牵挂。更何况唯一的儿子阿峰也是很孝顺，虽然已经 32 岁了，还未成家，可出门在外，一有空就会打电话回家嘘寒问暖，还时不时地将工资打回家，前一阵子还为两位老人买好了社保，否则哪有今天每个月还有 3200 元的进项。3200 元说多不多，说小不小，但对两位老人日常开销已经足够了。当初，他是坚决不同意买的，说干吗要花这看不着的冤枉钱，现在想不到当初花的冤枉钱成了现在的救命钱，所以，老人每每说起此事，就会一个劲地夸儿子阿峰孝顺。这倒也是，如果哪天自己先走一步，也不用自己担心了。

"为啥儿子最近不来电话了？是不是谈女朋友忘了爹娘了？"

"你就是这个劳碌命，不用发愁啥都发愁，该发愁时啥都不发愁！"

"我不是想儿子了嘛。"

"儿子谁不想啊！"

"也不知道他现在在重庆好不好？"

"前两天不是还接到过儿子的电话吗？"

"大前天不是还收到过儿子寄来的两万元钱吗？"

"哎，年纪大了，倒把这事给忘了！"

"早点休息吧！好好养身体，儿子说今年夏天还要带我们一起去海南岛旅游呢！"

听老太太一番劝，老人释然了，他将双手轻轻搁在胸口前，长长地舒了口气，缓缓进入了梦乡。

"李大姐，李大姐，你好了没？就等你一人了！"

门口有人一个劲地喊。

"好了！我来了。"

"老头子，小姐妹来喊我跳佳木斯去，我去跳一会，等回来陪你哦！"

"去吧，早点回来，路上注意安全！"

老人没跳眼皮，懒懒地睡去了。

梦里，老人乐得笑出声来了，他梦见儿子带着自己和老太太走遍了磁器口古镇、渣滓洞、白公馆、武隆天生三桥……特别是渣滓洞和白公馆，以前曾在小说《红岩》里读到过，老人早年曾经当过兵，所以对这些革命党人受难过的地方特别想亲身去感悟一下，没想到今天竟然梦想成真了！

梦里，老人高兴得手舞足蹈起来。

一直睡到第二天中午，从梦中醒来的老人一个劲地摸枕头底下。

"瞎摸啥呢？"

"我手机呢？咋找不着了？"

"我把你的手机收起来了！听那些老姐妹们说，手机那东西有辐射，对人身体不好！"

"啥玩意，你还真信那个邪！，你眼圈咋这么红？"

"没啥！"

"真没啥？"

"你肯定有啥事瞒着我！"

"真没啥！你这老头子还有完没完！"

"没事就好，没事就好，这下我放心了！"

老人喃喃自语着将头转向一边，两行老泪顿然喷涌而出，将底下的床单湿了一大块。

老人不知道上午老太太曾经接到了一个来自重庆的电话，说她的儿子阿峰因工厂起火，为抢救集体财产，数次冲进火场的阿峰最后被一根倒塌的横梁击中脑部，英勇殉职。最后，那位工作人员还说，殉职通知书即刻寄到她家。

三天后的傍晚，老人安详地去世了，衣服整齐，面带微笑，就像刚刚睡去一般，只是所有的人包括老太太深感疑惑的是，为啥老人的喉结肿得老大老大，就像塞了什么东西一样。好奇的侄女用手指从老人的口里掏出一把嚼得稀巴烂的纸屑，只依稀可见三个字，通知书……

远处，玛利亚教堂的钟声清脆地响了起来，悠远而肃穆，像是从苍穹绵延而来，又像朝大海蜿蜒而去，当……当……当……

温暖的无极花

那年春天，我偷渡去了韩国，在一位韩国叔叔的帮助下，我在全罗北道群山市阳东一家诊所找了一份送药的活。诊所是一个叫崔正金的韩国医生开的，崔医生是个和蔼的小老头。第一次见面，崔医生就问我懂不懂韩语，我说我以前在中国的延边市待过6年，一般的韩语都能应付自如。刚去上班的第一天，崔医生交给我一份名单，上面密密麻麻写满了字，全是病人的名字，记得比较详细，连病人的病症和住址都标了出来。

崔医生特别嘱咐我要按时把药送到一个名叫罗金珍小姐的手里，给罗金珍小姐送的都是一些茶碱之类的西药，我猜想她一定是个哮喘病人。崔医生说，给罗金珍小姐的药隔天送就行。我的月薪是250万韩币，不多，不过对于我这个刚到韩国的人来说，这些钱已经不少了。

从一开始送药，我就觉得这事有点儿古怪。第一次出门送药是在晚上，我还未出门，崔医生就再次提醒我说："苗China，一定不能漏下罗金珍小姐的药。而且这个事情得永远保密。"当地的韩国人都喜欢叫我苗China，可能是好记缘故吧，倒把我的真名给忘了。看着他那张慈祥的脸，我心里始终在想，罗金珍小姐一定和崔医生有啥关系吧？送点药还要啥保密的呢？我百思不得其解。

像我这样的青年人对某些新生事物一旦充满了好奇，总忍不住想去解开。于是，我开始关注起那个充满了神秘色彩的罗金珍小姐来了。听邻居李惠珍大妈说，罗金珍小姐是首尔人，父亲是一家电器株式会社的社长，家里很有钱。两年前，她因为喜欢上了一位家境贫寒的同学，才跟着跑到群山这个穷乡僻壤的小镇。后来我才知道，罗金珍小姐被她的那个同学抛弃了。

朴秀成是街上开机械加工铺的小老板，他就是抛弃罗金珍小姐的无情人。朴秀成在这个小镇可以算得上一个有本事的人，在首尔上大学时和富家女罗金珍小姐相爱后，两个人私奔回到了群山的老家，一年后，开了一家机械加工铺的他爱上了一个更年轻漂亮的女人，并和她结婚成了家。

那确实是一件令很多人心寒的事。李惠珍大妈说朴秀成是畜生，应该狠狠地抽打他一顿。崔医生的意见却刚好相反，他说每个男人都有权利去娶肯嫁给他的最美丽的女人。

朴秀成娶的那个女人的确是个美女，她叫宋慧恩，据说是从釜山来的，她在小镇上的日子不怎么好过，因为当地女人都鄙视她，说她是个骚狐狸精。

最可怜的还要算罗金珍小姐了，这件事可把她害得够惨了。一连半年，她足不出户，几乎放弃了所有的社交活动，甚至把给学校教乐理的工作也辞了。

据说罗金珍小姐也是一个漂亮的女人，这是我对她心里描绘的第一印象。也不知朴秀成这个坏男人是怎么想的，放着现成的美女不爱，偏偏去喜欢另一个美女。

我第一次送药去的那天晚上，她看上去像个蓬头散发的女鬼。"你是新来的苗 China 吧？"她无精打采地说。我把盒子递给她，她满脸惊讶，"这是给我的吗？"

接下来的日子里，我总会隔三岔五地去给她送药。送到第八次的时候，她很快就开门了，我知道她一定习惯了在等我。她的两颊略微红润,头发也不那么散乱了。

第二天清晨,罗金珍小姐又回到学校教书去了。我看见她穿着一套格外引人注目的蓝色职业套装,昂首挺胸。路过朴秀成的机械加工铺时,对他和他的妻子看都不看一眼。

李惠珍大妈感慨地说:"可怜的孩子,终于从阴影中勇敢地走出来了!"

我最后一次去罗金珍小姐家是在一个隆冬季节。我把药盒子递给她说:"罗金珍小姐,这是我最后一次给你送药了。我下个礼拜就要去济州岛了。不过还会有人继续给你送药来的。"

她把我领到整洁的客厅,送给我一块四叶草围巾和一顶草绿色贝雷帽,"苗 China,韩国的冬天特别的寒冷,戴上它们,你一定会感到温暖的。也感谢你和你送来的那些药,还有那些无极花,给我带来了莫大的快乐!"

回到崔医生的诊所后,我做了一件从来不敢做的事情。我去找崔医生那凌乱的文件夹,找到了我所要找的东西。只见上面是崔医生潦草难辩的笔迹:"朴秀成,100 片复方氨茶碱片,20 支哮喘喷雾器,52 朵无极花,共计 100 万韩元,已全部预付。"

所有的一切原来是这样,我暗自思量。

回国前夕,我又一次来到崔医生的诊所,一切都没有改变,崔医生还像往常一样坐在骨碌碌转动的大背椅上为病人诊治,卖着药。

等他空闲的时候,我跟他聊了起来,随后问:"罗金珍小姐现在还好吗?就是接受无极花的那位漂亮的小姐。"

"罗金珍小姐?"他点点头,"当然记得,她回首尔她父亲的会社了,听说现在已经结了婚,还做了常务呢。"

"都是朴秀成的氨茶碱、哮喘喷雾器还有无极花起效果了!"

"你真那样认为？如果你那样想，那你是大错特错了！"

"您的本子上不是这样记录的吗？"

"那是给罗金珍小姐看的。她曾经来我这里查看过结果，看到自己曾经心爱过的男人不仅没有忘记她，而且还在默默关爱着她，虽然分手了，但那种情义是最珍贵、最激荡人心的。"

"事实却不是这样的，是吗？那究竟是谁送的呢？"

"可以是我，可以是你，可以是李惠珍大妈，也可以是所有关心罗金珍小姐的人，你说是吗？"

潜　伏

那天，赵五家里突然来了一位不速之客，声称是岩井特务机关的机关长岩井英一。这么大的官亲自登门拜访，而且还是一个日本人，赵五不禁有点惶惶然。

他疑惑地问："考核没通过，也不用您亲临寒舍啊……"

"您怎么知道自己没通过呢？恰恰相反，您是以第一名成绩顺利通过考核，因此，我代表大日本驻沪总领事馆特务机关向您表示祝贺！不过……"岩井好像话里有话，赵五听得不免有些紧张："不过什么？是我不能胜任这项工作？"

"我们考虑不录取您，打算让您去接受重庆军统考试，您这么有特工天赋的人才一定能顺利通过的。"

"怎么，军统不是日本情报机关的竞争对手吗？而且对你们不是保持着一定优势吗？我是一个喜欢挑战的人，觉得如果能扭转这种局面很有意思，才决定投考日本情报机关，我对你们日本一贯怀有敬仰之感，你看看我家的摆设，哪一样不是依照你们日本的习惯设计的？"

岩井微微一笑，盘腿坐在软软的榻榻米上，双手叉在两条交错的大腿间。

"您这番话颇有见识。正因为如此，我们日本情报机关看中了您，一定要派您去重庆。就像您说的，要想将中国变成"皇道乐土"，就得靠像您这些有志之士的帮助。我们现在需要一个人打入军统内部，刺探和搜集重要的军事情报。"

"叫我当间谍潜进军统内部去？"

"对！在军统内部潜伏下来后，您一定能干得很出色。一旦打入进去，报酬不在话下，凯旋后立即给您安排要职。您的代号叫'深海'，和我单线联系，跟您有关的所有档案我已经全部销毁了，所以，任何人都不会知道您是我们日本情报机关打入军统内部的一颗钉子！我不会催您，到了那边，您可以步步为营，花再多的时间也要搞到重庆方面的军事意图和军队在西北的布防情报！其他的您不必去理会，免得暴露自己！这是您第一笔活动经费。"

岩井将五根黄澄澄的金条推到他的面前。

赵五终于心动了。

经岩井秘密安排，赵五接受了军统更为严密的专业考核和政审，顺利成了军统的一名特工。

进入军统头一年，赵五只被安排干些外调工作，与军统内部的一些重要事务始终沾不着边。可他不急不躁，只管勤勉地处理工作，争取上司和同僚们的信任。在生活方面，赵五也洁身自好，循规蹈矩，避免引人注目。一些军统的特工对外都有自己的工作,赵五也一样,他被安排到一家由上海人开办的洋行,对外身份是一个普通的买办。

如果是一个普通的特工,到新环境里工作一年后就可能会懈怠,而他却做到了对工作热情一点不减。无论怎么说,他有自己明确的使命。周围谁都不会察觉,他竟扮演着一个可怕的角色。在这个可怕危险的环境里,连浮在脸上的微笑也得设法调节。与其他人全然不同,赵五感到了其中的乐趣。

通过秘密渠道,岩井时不时地向他透露一些重要的情报,让他能及时掌握并上报上司,破获了几起有价值的案子。这些都让原本无名的赵五名声鹊起。军统高层始终也在注意这样的才干,赵五很快被提升为军统上海站特别行动队队长。这样,他向机密靠近了一步。可是他仍然不动声色地安于职守,他深知如果这时暴露的话,一切将前功尽弃。

于是,赵五对待工作越发尽职。一次,他向站长举报了一个因受贿而向日本情报机构泄露重要情报的下属职员,并秘密处决了他。他可不想容纳这样的"同僚",不想费尽心机在长远计划下充当间谍潜伏的价值就这么简单地流失了。

所有的功绩是上司和同僚都有目共睹的,从而使赵五备受信任,深得人心,甚至站长给他提亲,他也满口应承了。干间谍非冷酷无情不可,但凡能利用的,必须利用。

赵五不知疲倦地埋头苦干,步步高升,终于接近了军统的中枢神经。他成了军统内部一个举足轻重的人物,并可以触摸到重庆方面的军事意图和军队在西北的布防情况了。只要将这些重要的情报交给自己的顶头上司岩井,他就可以回到曾经梦寐以求的特务机关。可转念一想,好容易熬到这一步,再坚持一段时间,说不定还能取得更大成果,这可是所有潜伏特工梦想的最高境界了。

功德圆满的一天终于到了，他熬到了能知悉军统一切机密的地位——副站长。同僚们都称他是凭实干崭露头角的年轻副站长。当然，他不仅能够知悉一切秘密，而且可以随心所欲地经营这片曾经神秘的"沃土"。

岩井更是欢欣鼓舞地静观其变。然而时光荏苒，赵五却没反馈任何重要情报。岩井曾用密电联系他，等来的答复却是冰冷的沉默。

岩井终于恼羞成怒了，就用明码公开宣布说，赵五是打入军统内部的日本高级间谍。这本来不是虚构而是事实，收效却是众多人的嗤之以鼻。

血色鱿钩

海面雾霭茫茫，一盏盏太阳灯闪着白光。

汽笛此起彼伏地响起，这是一支即将远征北太平洋的鱿钓船队。

码头上送行的人和被送行的人依依不舍，有的相拥相抱，有的抹着眼泪。鱿鱼捕钓有着严格的开捕季节，大抵都是上半年休息下半年生产。人这东西就是特别的怪，在家时感觉不到互相的好，有的为打牌搓麻将输钱而吵吵闹闹，有的为跳舞寻欢而争打个头破血流，可真到了出海分离的那一刻，想到的都是对方的好……

他搂着她，不敢轻易放手，生怕这么一松手，她就会消失得无影无踪。船长不断催促："再不上来就开船了啊！唉！你今年就别上船了，整日搂着你的老婆过日子去吧！"船员们哄笑起来。她推开他，将箱包带套在他的脖子上，他嘿嘿笑着，走上了微微颤抖的跳板。回头一看，岸上的人群中不见了她的身影。原来，瘦弱的她，独自站在码头那巨大的栏柱上，挥着三年前他亲手为她买的那条红纱巾……

鱿钓船开出近海，进入了太平洋，但到达作业的海域还有十天半月的航程。船员们利用这难得的空隙，各自开始编起钓钩来。别小看这一枚枚锃亮的小钓钩，鱿鱼收成的好坏，它起到关键的作用。买来的钓钩不是排列得太窄就是不够锋利，有的分量还不够。排得太窄，就是上了钩的鱿鱼也会挣脱逃逸；分量不够，钓钩只会随波逐浪在洋面上漂浮，大个子的鱿鱼不会轻易上钩……

他打开工具箱，不禁呆住了，箱子里只装了点去年用剩的钓钩，这可咋办呢？往年出海，他总会预先购置大量新的钓钩器械，趁航行的空隙再重新安装，可今年咋就没购置呢？他沮丧地抱着脑袋不知所措，后悔没听她的话。上岸休整大半年究竟干了些啥？整日和狐朋狗友聚在一起搓麻将、甩五十K，去年的积蓄全输掉不说，还欠了一屁股的外债。她劝说过好多次，都被他当成了耳旁风；于是，两个人不是吵就是摔东西，几乎没安生过。现在倒好，去继续吵啊！天大的事居然给忘得一干二净。没有新钓钩，这鱿鱼产量就得减少一大半。他找到船长问船上有没有备置的钓钩，哪怕高价买也行。"你整日在想些啥？连钓钩都给忘记了，上船来寻死啊！"船长气急吼吼，"没有！你自己想法子去！"在这节骨眼上，叫他到哪儿弄钓钩去？人家都算好数的，谁肯支援你？这可是多劳多得的年代。

他闷闷不乐地回到船舱里，看着同伴们熟练地编制着锃亮的鱼钩，心里直痒痒的，恨不得将他们的钓钩抢一部分过来……

鱿钓船在茫茫的大洋中行驶了十来天，渔场愈来愈近，已经可以看见一艘艘闪着灯光的船只在洋面上作业了。他的心更加烦躁起来，再次打开了工具箱，没有其他法子，只能把去年用剩的旧钩子东拼西凑将就着用了。一排排旧钓钩生满铁锈，钝得连手指皮都刺穿不了，这能放入大洋中去钓狡猾的鱿鱼么？他叹着气，无奈地将旧钓钩通通扔进了工具箱……

在铺位上，他双手枕着头，眼睛盯着舱顶上昏暗的航灯，再次后悔起来。临出海的最后几天，他和几个朋友躲到一家宾馆里赌了整整两天两夜，拖着疲惫的身子回到家，她还是好言相劝，而输了钱的他火冒三丈，顺手甩了她一个大耳光，她哭着带上女儿回了娘家，要不是他最后跑去发誓说从今往后不再赌博时，她才不会到码头来送他呢。她买了一大筐水果、两箱德顺坊老酒、四条利群香烟，还有一件带帽子的厚羽绒服——冬天在北太平洋作业，没有它可吃不消。这些钱可是问年迈的老丈母娘借的。想想自己也真够混账！他发誓以后一定得好好整出个人样来。可眼下最要命的是没有新钓钩，在茫茫大洋上出十倍价格也买不到。如果等运输船来，那要等到猴年马月……别人都在热火朝天地配制着钓钩，基本上都快装配完毕了，可他仍一无所有。

进入北太平洋的腹地，海风吹得人直打寒战。想起她买的新羽绒服，就拉开箱包把它拎了出来——箱包里一排排闪光的鱿鱼钓钩，整整齐齐地码放着。他简直不敢相信自己的眼睛：钓钩的钩尖和浅绿色的筒子上沾染着点滴血迹——是她装配时留下的吗？他掏出手机，点开她的号码……心里像扎上了钓钩——根本没有信号。

永远的伦巴

初遇莫小北,高小楠就疯狂地爱上了她。

他们的初识是在学校的伦巴舞蹈队里。本来,莫小北对伦巴舞很弱智,她的强项是文学。那次学校要参加华东六省一市大学生伦巴舞大赛,高小楠原先的搭档因病住了院,系领导只好将略懂舞蹈的莫小北临时捉了差。

刚开始时,对稳中摆、柔中韧、快中慢的伦巴,莫小北彻底找不着北,常常踩着高小楠的脚,常常因压不住节拍而受教练的呵斥。每每此时,高小楠总会朝教练的口袋里塞一包好烟,替她求着情,但从小就很独立的她总是对这份关心漠然置之着。

周末上完舞蹈课,莫小北忘带钥匙被堵在了宿舍门外,恰巧被路过的高小楠看见了,了解原委后,就请她到自己的单身公寓将就着过了一夜。刚开始时,莫小北咕哝着,拿出各种理由搪塞,后来禁不住他盛情相邀,竟然默许了。那天刚好下着小雨,莫小北不小心崴了脚,痛得她趴在地上直掉泪。高小楠慌忙将她背了起来。雨,纷纷扬扬地下着,伏在他那宽大的肩头,莫小北体味到了一种雄性的温暖。

回到公寓,高小楠从冰箱里拿出一瓶结了冰的矿泉水,砸成小块后,裹着毛巾在莫小北脚上敷了起来,他说先冷敷后热贴更有利于伤口恢复。虽然微微有点疼,但莫小北浑身充满了一股温温的暖意。

接下来的日子里,莫小北还是会经常踩错舞步,经常会去找高小楠私下切磋舞技。那天,她又去公寓找他,轻轻推开门,不禁呆住了,地上画满了一只只鞋印,仿佛一个个音符在剧烈地跳动着,踩着鞋印,莫小北轻快地舞动起来……三个月后,北楠组合获得了华东六省一市大学生伦巴舞大赛特等奖,无数次的掌声响起,无数次的鲜花潮涌,高小楠注视着莫小北的眼睛,俯下身,在她的额头上深深地吻了下去……

大学毕业后,莫小北为了照顾瞎子母亲而放弃了大城市一家公司的邀请,回到了岛国。三个月后,高小楠也义无反顾地跟着来了。家里人都强烈反对,几乎与他反目,他却认定这女人是他想要的。不久,莫小北怀了孕,反应特别厉害。看着她那难受的样儿,高小楠问她喜欢吃什么?她说喜欢吃黄螺煮咸菜汤,高小楠就跑到海边去敲黄螺。时值隆冬,黄螺都溜进礁岩缝了,上哪找去?高小楠不死心,一块礁岩接着一块翻动着,最后一脚踩在泥蜢的毒刺上。等赶海的人发现他时,已经昏迷了。送到医院后,医生处理了伤口,打了解毒针,但告诉莫小北说,他的腿有可能永远站不起来了。看着病床上虚弱的高小楠,莫小北的心碎了,好几次她忍不住想给他的父母打电话,却都被他制止了……

莫小北挺着个大肚子挑起了家里的重担。那天,她在田里摘菜不留神摔倒,将孩子给摔没了,躺在冰冷的病床上,莫小北伤心地流泪了……他们依然在小城过着清苦的日子,莫小北辞掉了当地一家企业的会计师职务,成了他的专职护理,而高小楠躺在病床上继续着他的梦想——文学创作。莫小北早已没了天之骄子的骄傲,低下头努力地做着一切,和小菜贩讨价还价,买最廉价的衣服……

莫小北却始终没有放弃过希望,每天坚持帮他按摩,十几年如一日，并不指望发生奇迹，只希望他的腿不再萎缩。三十五岁那年，她听说大山里有位个体医生动在这种手术上有奇效，就拉着平板车载着他翻山越岭赶了过去，一个星期两趟，饿了，啃几口自带的咸菜馒头，渴了，掬一捧潺潺的溪流润润口。风雨中，她弓着背，艰难地向前爬行着。看着她那佝偻的背影，他哭了："下一辈子，我再也不想遇到你，再也不想爱着你。"所有人都希望来生再相爱，可他却拒绝了。

奇迹的出现是在一年后，高小楠的腿居然有了知觉，慢慢能下地走了。他的小说《爱有来生》也在国际上获了大奖。北京有所大学发函聘请他为客座讲师，他犹豫了，但她却说："这是千载难逢的机会，你一定要去！"

四十不到的她已初露沧桑端倪，黑发里夹杂着白丝，眼角堆起了皱纹，衣服永远是过时的，身体有些发胖，再也没了当年风华正茂的样子。而高小楠就不一样了，他戏剧性地从人生的困惑中走了出来，像一辆刚刚保养好的宝马车，徐徐滑入了快车道……

临行前的那个晚上，高小楠将一双大手伸给了莫小北，两个人亲昵地搂抱着，跳起了久违的伦巴舞，虽然有了点生疏，但激情依旧。

一年后，高小楠来电话告诉她说，学校为了奖励他的成就，特意拨了一套房子给他，并答应把全家的户口都迁入北京市。他说他想做的第一件事就是去岛国接她，想和她再跳一次伦巴，但没有告诉她准确的时间，只是说这几天就回来。也正是从那一天起，她每天都去码头等他，每一班轮渡每一辆车都不敢放过，焦急和期盼的目光在人群中来来往往地游弋着，却始终不见那个熟悉的身影……

又是一年过去了,高小楠就像人间蒸发似的,杳无音讯。而莫小北,无论刮风下雨都没有停止过去码头等他。莫小北总会在心里默默地哼着那首两人跳伦巴时常唱的歌:我和我的心吻着你的心,让我躺在心上对你说永远! 我的爱人啊,我的爱人,我是你眼泪里摇出的小船……

莫小北也许永远不会知道,一年前的一张报纸上曾经刊登过这样一则新闻:从北京来的一辆客车,在宁沪高速公路长宁段发生意外碰撞而滚落悬崖,燃起熊熊烈火,车上乘客无一生还……

来自天堂的 150 封信

《东方文学》是京城有名的文学杂志,许多作者都为能将自己的文字发表于此而引以为豪。

以前,杂志选发的都是原创文字,后来为了适应市场经济,杂志社进行了内部调整,改为文摘选编。每天从全国各地发来的文摘稿件如雪花般地向杂志社"飞"来。杂志社的改刊定位早已被广大作者所知晓,一段时间后,原创稿基本上都销声匿迹了。可奇怪的是,有一位名叫柳絮刚的作者还是一如既往地将原创稿发到杂志社,而且发稿依旧很有规律,每月一次,每次发两篇。该作者文笔清秀,语言犀利,而且来稿都是以信笺的形式,别具一格。从文字的内容看,作者年纪并不大,地址上写着:浙江江海市中大街 125 号,再没留其他任何信息了。

虽然作者文笔老辣犀利，字里行间透露着人世间淡淡的真情与温馨，可杂志社现在选编的是文摘稿，再好的原创文字也是绝对不能用的。柳絮刚的来稿还是我行我素地继续着。这种情况一直持续了五个年头，五年间，柳絮刚共向杂志社投了一百二十篇稿件。原先，杂志社怕耽误作者另投，将所有稿件和一封主编的亲笔信按照稿件上的姓名和地址寄了过去，可马上又被退了回来，说查无此人。本来，杂志社有规定，稿件一旦不用，一年后由专人负责剪碎处理。可柳絮刚的稿件却被杂志社破天荒地保存了下来，主编说，这位名叫柳絮刚的作者能这么长时间坚持给本来就已不发原创稿的杂志社投了五年的稿，先不去说作者本身是不是精神有问题，也不去说他的文字适不适合杂志发表，他身上的那种执着精神，本身就值得广大作者学习的，这些稿非但不能剪，还应该好好保存。将来有一天，希望能将这位名叫柳絮刚的作者请来，作为特殊嘉宾到杂志社做客。

今年是柳絮刚向杂志社投稿的第六个年头。随着杂志社 80 周年大庆脚步的日益临近，主编将编辑部主任徐兵叫到办公室，"老徐，再过几天就是 80 周年社庆了，我们一定要搞得隆重点，你认为怎样搞才能更出彩？""应该将那个已经给我们杂志社投了一百五十份原创稿的作者柳絮刚先生请来，一起参加社庆，到时请他谈谈这六年来为什么会给我们已经改刊的杂志投了那么多原创稿，也请他谈谈对于那些信笺文字的真实感受，效果一定不错。""这个主意好，你明天去一趟浙江，务必将柳先生请来，所有费用杂志社全包了。"

徐主任显得很兴奋，柳絮刚的稿子最后都经过他手。说实话，有些稿子写得确实有水平，如果杂志没改刊，说不定还会将他聘为专栏作家呢。六年来，虽未谋面，但他觉得和这个柳絮刚就像是已经认识了多年的老朋友一样，有一种说不出的亲近和温暖。

三天后，徐主任赶到了江海市，按照稿件上的落款找到了江海市中大街 125 号，而那是一家古玩店，店主也不叫柳絮刚，他有点懵了。古玩店老板告诉他说："以前这里曾住过一个叫柳絮刚的人，不过在 6 年前就上吊自杀了。""自杀了？那他老婆呢？""他老婆早他一年也因车祸死了。"

柳絮刚 6 年前就上吊死了？那 6 年来杂志社为什么还不断收到他的稿件呢？他开始摸不着头脑了。

古玩店老板回过头来又告诉他说，"你可以问问旁边的那家茶座，那是他的小姨子，兴许她知道得更多。"

迈进茶座，一个长相清秀的女人一看有生意上门，赶紧从吧台后迎了出来。

"您是柳絮刚先生的小姨子吧？"

"您是？"

"我是《东方文学》的编辑徐兵。"

一听是《东方文学》的编辑，女人赶紧将他迎进一间雅座，倒茶递烟，煞是客气。

"我受杂志社的委托，专程来拜访柳先生的。"

"我姐夫已经死了！"

"柳先生已经死了？那发给杂志社的那些稿件……"

"是我寄的！"

"你寄的？

"是的！那是我姐和姐夫临终前的嘱托。"

"哦！是吗？善于捕捉灵感的他顿时来了精神。

我姐和姐夫在世时感情都很好，姐夫对写文字很痴迷，常常一写到深夜。那天说好他去接我姐下班，但为了赶写一篇小说而忙昏了头，一场车祸最后夺走了我姐的命。当时姐夫懊悔得差点没将那三百多篇稿子一把火给烧了，最后都被我夺了下来。我姐在世时特别喜欢看《东方文学》，说里面的内容真诚，很能引起读者们的共鸣，要姐夫以后投稿就投这家杂志。姐夫死前曾在遗书里千叮咛万嘱咐，一定要我帮他完成这个遗愿。"

徐主任现在才终于明白是怎么一回事了，他捧着一大沓稿件，禁不住黯然泪下。

回京后，他将事情的来龙去脉一五一十地向主编做了汇报。整整一下午，主编都待在办公室里没见出来。后来听清洁工阿姨说，不知为啥，主编摘掉眼镜，捂着脸，吸着闷烟，还一个劲地抹泪，光纸巾和烟蒂就收拾了一大箩……

社庆前夕，杂志社出版了一册单行本，是柳絮刚的个人作品集，书名是主编亲自定的，叫《来自天堂的150封信》。

托　海

打捞出海的一刹那，所有的人都惊呆了！

光溜着上身，只穿了一件短裤衩的他竟然还保持着一种托举的姿势。一条鱼，一块礁，甚至是一杆橹……但是，他托举的却是一个女人。

这是事后那些岸上的渔工们说的。

也不知道究竟发生了啥事？只见一个女人跌跌撞撞走过长

长的筏桥,嶙峋的礁岩,光滑的石墩……

岸上的所有人都惊呆了。

女人的大半个身子都已经浸泡在了刺骨浑黄的海水里……

有人跳海啦!

有人跳海啦!

所有人都赶着往码头边跑。

别过来!我真的跳了!

女人转过头,声嘶力竭地喊着

姑娘,有啥想不开的?上岸和我们说道说道。

是啊,日子长着呐!为啥非得跳海呢?

何况,你肚子里还有孩子,你不为自己想想,也得为自己快要出生的孩子想想啊!

来吧!慢慢往回走,我们接着你!来,慢慢地……

几个渔工模样的人小心翼翼地向她靠拢,生怕一个激灵,她会将脚底下的礁石踩翻。

别过来!别过来!我死了就一了百了了!

远处,一艘万吨轮沿着航道缓缓驶来,越来越近,越来越近……

岸上一些有经验的老渔工焦心地大喊着。

快上来,姑娘,大船来了,大船的浪要卷人的!

看着越来越近的万吨巨轮,女人的手急促地抖了起来,她回过头,看着岸上那黑压压的人群,看着离自己不远处那一个个渔工伸向自己的手,不由自主地挪动了脚……

突然,一个急骤的浪头猛地打了过来,浑浊的海水盖住了她的整个身子,一阵骇人的喧嚣将女人的尖叫声给彻底湮没了……

还未等岸上所有的人回过神来，早已不见了女人的身影。激浪快速退出，只见远处有一个身影在潮头间忽隐忽现剧烈地抖动着……

事态越来越糟糕了。

刚才还站在一辆运输车车头上四下张望的小伙子终于按捺不住了，脱衣，甩鞋，运气，都是在几秒钟内一呵而成。

未等所有人回过神来，也未等所有人啊出声来，小伙子早已一个“长海蛟龙”，跃进了滔天劲浪中。等他的头露出海面时，正是第二波海浪退去的时候，趁着浪势，他奋力地向前游去，10 米，20 米……近了，近了，已经拉扯到女人那散乱的头发了。又一个巨浪迎面打来，女人再一次被推出了五米开外，他钻入水底，双脚疾速蹬了起来，女人的脚在水底下使劲地乱踹了，他一把抱住了她的双腿，搁在自己的肩头，加油！他在水底下狠命地高叫起来，双脚快速摆动着。终于，女人踩着他的肩膀出水了，他推着女人向岸边靠近。渔工们手拉手筑起了一条防浪堤，准备随时接应。

被吓得只剩下半条命的女人身子软绵绵的，光溜溜的，像一条通体黏滑的鱼，筋疲力尽的他感觉自己已经抓不住她了。又一个回笼潮狠狠地打了过来，巨大的海浪将女人和他狠狠地扯开。他笨拙地转过身子，终于扯住了一缕散乱的头发，用尽吃奶的力气，他高举双手将女人再一次托出了海面。回笼潮又一次狠狠地冲了过来，已经没有力气的他高声地尖叫着，屏住呼吸，竭尽最后一丝力气，高高托起的手将女人笨重的身子狠狠地摔了过去……

海面终于恢复了平静。当闻讯赶来的救援队将他打捞上岸时，只见他光溜着上身，穿着一件短裤衩，苍白的脸挂着一丝微笑,双手却始终保持着一种托举的姿势,就像托着一条鱼,一块礁,甚至是一杆橹……

仿佛,他将整个大海高高地托了起来。

那年,他 20 岁!

纸 锁

明天海就要去山区支教了。

海想好了,一年时间很快的,从大山一回来,就跟芳把婚事给办了。

东海的夏夜暗得慢,七点不到,夕阳泛着缕缕金光还在海平线上左右徘徊着。海的家里挤满了左邻右舍,海边人家自古以来就有这么个习俗,哪家孩子如果要出远门,大家都会上门来嘘寒问暖。

芳也来了。

等客人们逐一散去, 她从布包里取出一把红色的纸锁递给海。

你明天就要出远门了,送你一把锁,我刚做的。

哇! 是连心锁。

纸锁做得很精致,两把小巧玲珑的锁被紧紧地连在了一起。捧着纸锁,海左看右看,爱不释手。

这纸锁做得很漂亮,以前咋不知道你原来还有这手艺?

听村里老人说, 如果男人将女人亲手做的连心锁挂在他的窗头,就能锁住他一辈子。芳的脸上写满了幸福。

芳,你对我真好！等我回来后就娶你！

海一把拉住了芳的手。

不害臊！羞死人了！

芳甩掉海的手,羞涩地地蒙住了脸。

那所希望小学建在山腰的一块空地上,没有围墙,更没有像样的操场,只有竹竿上挂着的那面五星红旗还在随风飘扬着。

王校长是一个爽朗的大山汉子,他特意将学校最东头的那间最好的房子腾出来给海做寝室。一切安置妥当后,海就把纸锁挂在寝室那临山的小窗边。他常常想,如果芳是一把迎风飘荡的纸锁的话,那他就是徐徐吹拂的山风,相亲相伴,永不分离……

转眼,海到这所大山深处的希望小学支教快一年了。

海经常会隔三岔五地接到芳的来信,言语虽不炽烈却很温馨。他也经常回信,将大山深处的所见所闻告诉远在千里之外的芳。但海有一点没说,就是从不把学校食堂里没有鱼和肉只能吃咸菜窝窝头的事告诉芳。每次,芳问大山条件咋样？海总会说有鱼有肉,学校的生活条件很优越,叫她不必担心。但这能不让她担心么？大山深处哪来的鱼？每每问及,海总会强调说,是营养丰富的淡水鱼。

规定的期限已经过了十余天,海和纸锁却没有回来。芳忍不住写信问,海说学校人手少实在走不开,还得继续再支教下去。又过了月余,芳问海究竟啥时能回家？海在信里支支吾吾地说,两个人分开一年多了,感情已经淡漠,再说他已经和当地一名女教师好上了,叫她不要再等了,还是找个称心的男人把自己给嫁了吧。芳不信自己亲手做的纸锁锁不住他的心,一定是大山那边发生了啥事。她暗暗担心起来……

前几天，芳在电视上看到山区那边发生了里氏 **6** 级的大地震，震中心刚好在海所在的那座小山城，所有的通信工具都突然中断，海就像断了线的风筝，飘得无影无踪。

她实在放心不下海，瞒着家人偷偷跳上了去大山深处的长途班车……整整五天五夜，芳一路颠簸，终于到了魂牵梦绕的目的地，不过她的心马上凉了。这是啥破地方？所有的房子都被强烈的地震夷为了平地，一顶顶蓝色的帐篷将空地挤得满满的。听当地人讲，海所在的学校离这小山城还有三十多里地，道路已经被泥石流掐断了，只能沿着崎岖的山路爬进去。芳没有犹豫，跟着教育局的王同志一同踏上了去大山深处的羊肠小道。

路上，王同志告诉芳说，海所在的小学是当地一所条件最艰苦的学校，不仅海拔高，气候也恶劣，终年弥漫着满天大雾。当初教育局给他安排到条件比较舒适的县一小，海就是不同意，执意要去条件最差最艰苦的大山小学。本来支教期满后，海可以马上回到家乡去，可临别时，全班同学都跪着恳求海老师能再教他们，海二话没说又坚持了下来。强烈的大地震在毫无征兆的情况下突然发生了，海也出了意外……

海出意外了？啥意外？芳的心陡地吊了起来。

没……没啥……

再问，王同志啥都没有再说。

看见海，是在那顶最大的帐篷门口。海正专心地给同学们讲高尔基的《海燕》，在苍茫的大海上，狂风卷集着乌云。在乌云和大海之间，海燕像黑色的闪电，在高傲地飞翔。一会儿翅膀碰着波浪，一会儿箭一般地直冲向乌云，它叫喊着，——就在这鸟儿勇敢的叫喊声里，乌云听出了欢乐。在这叫喊声里——充满着对暴风雨的渴望！在这叫喊声里，乌云听出了愤怒的力量，热情的火焰和胜利的信心。海鸥在暴风雨来临之前呻吟着，——呻吟着，它们在大海上飞蹿，想把自己对暴风雨的恐惧，掩藏到大海深处……

海回过头，怔住了，芳站在门口，那双熟悉的大眼睛紧紧盯着他。这不就是梦里寻她千百度的芳么？

芳……

还未等海喊出声来，芳抛掉所有的行李冲了上去，紧紧抱住海的身子哭了起来。

你的腿咋啦？

芳突然感觉海魁梧的身子少了啥。

那天，海老师正在教室给同学们上课，地震突然爆发了，紧急转移学生时，海老师因为断后，来不及跑出教室，腿就让水泥块给砸断了！匆忙赶来的王校长哽咽地说。

芳捧着空荡荡的裤管，号啕大哭起来，腿没了，你就叫我改嫁？你这狠心的人呐！

海终于支撑不住了，他仿佛看见了芳捧着一把把血红巨大的纸锁在眼前晃动着。那些锁通红通红的，快将海的心给刺碎了……

钟馗捉鬼

像一颗红润的樱桃，海中洲飘浮在东海深处的蓝天碧水上。岛上的壮小伙都是浪里白条，在惊天骇浪中讨生活。体壮如牛的阿龙不爱下海捕鱼，却偏偏喜欢上了越剧。岛上的女人天生就是唱越剧的料，却也不乏喜欢越剧的男子加盟其中，阿龙就是其中一个……阿龙瞒着阿姆报了名，等阿姆知道，阿龙跟着草台班子走街串巷登台演出已有半年有余。

在当地土民们眼里，男子唱越剧总有一种"吃软饭"的味道。执拗的阿姆一定要他退出脂粉味弥漫的草台班子，说阿龙唱戏是"败门枋""坍祖宗台"，就是在家种田也比这做戏子的强。于是，只要戏班子在邻近村庄演出，阿姆总会挂着龙头拐杖找到做戏的社庙，一边"咚、咚、咚"地用拐杖敲着搭台的毛竹杠，一边对班主百般辱骂。阿龙无法忍受阿姆无休止的纠缠，央求班主帮他转会到了其他戏班子。说实话，阿龙没有其他爱好，剩下的就是这点越剧了，过戏瘾又能吃饱肚子……

这个方法还真管用，当班主告诉阿姆说阿龙已经远走他乡时，阿姆，顿然急得晕死过去。大家七手八脚将她扛到背阴的戏台角落，哭旦阿灵的奶奶以前经常帮人掐痧，她小时候常常待在一旁看，日子久了，多少也会点手法。阿灵将老太太的头平整地枕在自己的大腿上，双手蜻蜓点水似的在老太太的人中、涌泉等穴不断地掐揉。许久，老太太"喔唷"一口气从胸腔深处长长地拖了出来。

"我的阿龙哟！狠心的儿哟！"

大家都理解老太太思儿心切，但不敢将实情告诉她，只是纷纷劝说，阿龙乖巧且有本事，只不过赌气跑出去散散心，说不定过几天就会回来的……

不久，东洋人开着冒黑烟的小火轮，骑着高头大马占领了整个海中洲。东洋人最大的官是一个名叫佐佐木的大佐。这是一个斯文秀气且不同于其他鬼子的东洋人，此人戴着一副圆溜溜的眼镜,厚实的镜片将他的所有凶煞都轻飘飘地掩盖了起来。

佐佐木竟然也对中国南方戏曲越剧情有独钟,三天两头"请"戏班子到戒备森严的警备司令部里单独为他演出。偶尔,佐佐木还会穿上华丽的龙袍,客串一回中国的秦始皇,也许是以前在中国待得久的缘故,唱腔竟然也是那样的纯正圆润……

阿龙所在的戏班子也被佐佐木召去过几次。东洋人对中国男子比较戒备,为了预防万一,每次前行,大家将阿龙装扮成了一个韵味十足的海岛渔家女,一起到戒备森严的司令部为鬼子演出……

一日,摇头晃脑的何翻译匆匆跑到戏班子驻地十里庙宣布,佐佐木司令今日要在司令部为刚从日本本土远道而来的客人接风,要戏班子去凑兴,还点名要已经名声大震的阿龙亲自登台演出著名喜气剧目《五女拜寿》,说只要让司令和客人看高兴了,银洋大大地有!

戏台还是搭在司令部的大堂内,和以往不同的是,戏台的门楣上挂了一幅红绸子,"热烈欢迎太平洋战区视察团伊田少将光临指导"。伊田少将?果然来了大人物,花旦小枚香和阿龙会心一笑……

酒醉饭饱的鬼子们陆陆续续踱进大堂。佐佐木傲慢地打了个响指,低头哈腰的何翻译赶紧朝后堂大声吆喝。

"开锣了!"

后场的鼓点剧烈地"咚咚锵"起来,一个个白布裹首、缞服麻衣、颜色黄肿眉目蹩蹙然神情可畏的男鬼和许多面黑如漆齿巉巉如锯、舌出吻二寸许的女鬼纷纷飘忽遁来……阿龙穿着黑色的蟒袍,赤红着脸,满脸络腮胡,追逐在众鬼身后一路杀将出来。

"啊呀呀!俺钟馗来也!"

既而，他持着一杆雪亮的宝剑与那帮小鬼在台上铺天盖地地厮杀着……

佐佐木猛地暴跳了起来。"《五女拜寿》呢？竟敢拿《钟馗捉鬼》糊弄皇军！死拉死拉的！"

佐佐木拔出雪亮的摄人心魄的东洋马刀，一把踹翻了大背椅大声狂叫。

"支那猪！统统死拉死拉的！"

全场的东洋鬼子纷纷骚动起来，正在大堂外警戒的日本宪兵持着三八大盖将前台围了个水泄不通。阿龙和小枚香互使了个眼色，突然，两人腾空高高跃起，旋风般扑到台下，阿龙用手牢牢掐住了佐佐木的喉管，将锋利冰冷的东洋刀架在他的脖子上，小枚香则紧紧搂住伊田少将，黑洞洞的二十响紧紧顶住伊田那油光发亮的脑门，阿龙朝鬼子声嘶力竭地呵斥着。

"统统把枪放下！你们这帮吃人魔鬼！快点！否则我们就杀了你们的司令长官！"

魂飞魄散的何翻译紧紧拦着宪兵。

"放下枪！统统地放下枪！千万不能伤着少将和大佐！"

所有的人都跟在阿龙和小枚香后面慢慢退到码头边上的一艘小货轮上，一溜烟就消失在蓝天碧水间……

一天后，东洋人在三十海里开外的摘箬山岛发现了小货轮。只见货轮中舱危襟端坐着两个制服笔挺的东洋军官，正是佐佐木和伊田少将。他们的脖子口各自粘着一条黝黑的血道，两张纸条贴在他们的身上，上书"驱除倭寇，还我河山"八个大字……

从那时起，岛上的土民就再也没有见过阿龙。出洋的人说曾经在大目洋上见到过长着满脸络腮胡的阿龙，正背着一杆长长的三八大盖和一帮陌生的后生汉一起摇橹扬帆着刚要远去。问他为啥不唱越剧了？他说，家没了，国亡了，还有啥心思再去唱越剧？等把东洋鬼子全部赶跑后，咱再回去唱越剧给大家听，就唱《钟馗捉鬼》……

舟山啊舟山

还未等小轿车停稳，老倪就麻利地钻出车来，他双手轻轻地掸了掸西装上的尘土，整了整领带，拢了拢凌乱的头发，然后径直朝村头那幢破旧的小屋走去。

屁颠屁颠跟在他后面的是一个浑身珠光宝气的胖女人，那是他的老婆阿梅，"倪头，你咋这样呢？人家都快拎死了，你也不知道搭把手？""这死婆姨！拎点东西还这般大呼小叫的！"其实，老倪听到自家婆姨这般嗲声嗲气的声音，心里最是满足了。在老家，自古就有"一切男人为大"的风俗，倪头就是家里的一根柱儿，柱儿就是头儿，头儿就是天儿。婆姨称自己为倪头，就是把他放在了一个跟天一样大的位置上，这可是男人最值得炫耀的事了。

老倪放慢了脚步，阿梅一把挽住他的胳膊，将手里提的大礼包全都一股脑儿地塞到他的手里……

小屋的主人名叫老刘，是老倪的老乡，也是他赤屁股长大的最要好朋友。

一见老倪夫妇开着小车大包小包地登门做客，老刘夫妻俩赶紧杀了一只自家养的土鸡，开了一尊原本过年待客时喝的女儿红,请老倪夫妇吃晚饭。

喝着香气四溢的女儿红,扯着舟山鱿鱼头那香喷喷硬邦邦的腿须儿,老刘喘着满口的酒气说:"当初你们夫妻俩离开家乡时,也没带多少本钱到舟山创业,可这五六年下来,你们却在舟山办了一家制铁厂,听说在定海城里买了两栋房子?你们这钱究竟是咋赚来的?"

"是老天菩萨帮的忙,也是运气比别人好的缘故吧!"老倪喝了一口酒谦虚地说。

"做生意是得靠运气,可做生意也不可能全靠运气呀。"老刘长长地叹了一口气,"我比你们早去舟山两年,也没觉得那里的钱有多好赚。房租、小菜、大米、水电费样样都贵得离谱。每天早上眼睛一睁开就得花钱,一直花到晚上眼睛闭拢为止。像我这样整日和黑土地打交道的人咋能在那个城市里待下去呢?所以,两年不到我就回了老家,还是躺在自家的黑土上种麦子黄豆实惠啊!"

老倪抹着嘴角的酒沫子兴冲冲地说:"老哥,你不说,我还真记不起来了呢。说实话,兄弟我到舟山闯荡,能有今天这出头日子,还真要感谢老哥你呢。"

"谢我?别忽悠老哥我了!那还不是你自己有本事。"

"本事归本事,现在啥社会了?信息社会,信息灵通最要紧了!那年,你刚从舟山回来,说舟山房租、小菜、大米、电费样样都贵得离谱,我就有点兴趣了。我这个人一向喜欢冒险,听了你的话,脑子里就萌生了一种想去舟山闯一闯的想法。有一点我和你不同,你胆子小跑了回来,我胆子大就留在了舟山。"

"你说的这话倒是真的!"

"一到舟山,我就按你所说的那些话理了理头绪。我先盯上了房租,那可是一本万利的买卖。通过朋友介绍,我在城乡接合部的一个村庄承包了10亩杂地,买来大批废旧建材建造了一排工棚,然后出租给来自五湖四海到舟山打工的工友们。有卧室,有厨房,有公共厕所,房租也不贵,所以一建成就挤爆了棚。一年后,我将所有投资全都收了回来。接着,我又盯上了你所说的小菜和大米,我跟当地的村里协议承包了20亩良田,建起了30只大棚,葡萄、白菜、雪里蕻、西瓜、小白瓜、草莓季季不脱闲。后来,我又联合家乡族人,在安徽和舟山之间架起了一座运输桥梁,将老家的优质面粉源源不断运往舟山。现在,我们家乡品牌的面粉在舟山已经有了名气,包子、面条、粉积都得用着我们的面粉。掘到几桶金后,我开始投资开办制铁厂,那可是我多年的梦想。原先以为制铁都是些不用脑子而只需动动蛮力的买卖,其实不然,里面的学问可大着哩。其实,舟山都是我们的福地,不过有一点我和你不同,你退缩回了老家,我却在舟山安营扎寨了。

紫色的心灯

在温州的第二个春天,我决定趁开学间隙到著名的风景区双个尖去转一圈。

双个尖距离我就学的温州医学院瓯海区的茶山高教园区足有一百多公里。那时候,通往双个尖的公路正在修建,回程的路需要到一个名叫笨斗岙的小镇转车。

从双个尖出来已近黄昏,日暮西山的路上,路旁的小树沐浴着夕阳柔和的光芒,浓绿的枝叶在寒风里悠然地摇曳着。眺首远望,夕阳的余晖映红了天际的云霞,给万物涂上一层美丽的玫瑰色彩……

夕阳将落,带给人的是一种持续莫名的忧伤。一道道山梁像一个个倒卧的人,它弯曲的弧线有些重叠和交错。笨斗岙依傍在饶水河边,让远游归来的我获得了些许的慰藉。

远远望去,乡村的汽车站兀自矗立在空旷的原野上,像一个孤独的老人在翘首期盼着归家的游子。当我赶到车站时,一辆老式的长途车正纷扬着尘土渐行渐远着向夕阳深处驶去,一个年迈的老奶奶拄着拐棍,左手不断飞舞着,像是在送别自己的亲人,她身边放着的那满满一篮鸡蛋就印证了一切。直到汽车的身影淡出了视线,她才将挥动的手放下,弯下佝偻的腰,用胳膊挽起沉重的篮子,刚要转身离去。我赶紧上去搀扶:"老奶奶,去温州城里的车几点发呢?"

老奶奶一把拉住我的胳膊,看我一副旅者的打扮,微笑着说:"晚上十点!"随即,她抬头看了看车站门口的大挂钟:"哦,现在才四点,时间早着呢。"

我搀扶着她过了一座小桥,转头看到车站旁开着一家风味小吃店,有八字桥松糕、米面、炒粉干……看得我都眼晕了。走了很长一段山路,肚子也已经开始闹腾起来,我赶紧叫了一份松糕,捏一块双炊糕放在嘴里,和着啤酒细细嚼了起来,直嚼得满口细腻香甜。酒足饭饱后,留下的时间很充裕,我就在小镇闲逛起来……

晚上 9 点,我早早赶到车站,买票时,售票员告诉我说,到温州城里的车是两天一班,昨天已经始发了,明天早上才有。我顿然沮丧起来,山区的春天特别的寒冷,更要命的是小镇没有一家旅馆,上哪儿过夜呢?我环视了左右,今晚也许只能在车站候车室的长凳上将就着过一夜了。刚要将背包卸下来,一位工作人员走过来告诉我说,小站 10 点后就要关门,他还告诉我说,10 点后,整个小镇因限电将变成漆黑一片。我彻底懵了……

车站的门被推开了,那位瘦小佝偻的老奶奶提着一盏紫色的风灯冒着一身寒气闯了进来,看她焦急的脸色,似乎在找着什么人。

看见我,她的嘴角挂出了一丝微笑,她走到我的面前,撩起那盏紫色的风灯照了照我的脸……

"终于找到你了!"

"阿婆,这么晚了您还出来?"

"对不起,实在对不起,小伙子,是阿婆记错了,到温州城里的汽车隔天一班,明天才有,害得你在这里等了这么长时间。"

我的眼角润湿了……

"我们山区的春天实在太冷了,我家离这里不远,不介意的话,就到我家住一宿,明天我送你上车。"我刚要推辞,她一把拽住我的手,直往车站外走去,我只好半推半就地扶着老奶奶向小桥走去。她打着那盏紫色的风灯将我们面前的路照得亮堂堂的……

"奶奶,为什么把风灯糊成了紫色?"我不解地问。

"我眼睛不好,有色盲,晚上出门看啥啥都一个样,只有打了紫色的灯才能看清一切。"

"今天下午您来车站送人吧?"

"是啊!我是来送我孙子,他和你一样大,你是学生吧?他也是!今天他要去上海上大学堂,叫我不要去送,我偏要去送,父母都没了,我这把老骨头不送谁送?"我没有再说话,生怕勾起老人藏在心底那伤心的往事,我眼帘开始变得模糊起来,只有努力地盯着紫色的光,眼前的路又渐渐地变得清晰起来……

第二天一早,她执意要送我去车站,我坚决不同意。老奶奶的家离车站其实很远,步行大抵需要半个小时的时间,她拗不过我,但执意要我将那篮鸡蛋带上,老人说孙子离开时没有带,如果我带上了,就像她孙子带上一样,因为我也是她的孙子!我说不过老人,更怕她伤心,只好将那篮老人不知道积攒了多少个日子的鸡蛋捎上,临出门时,我将两百元钱偷偷塞到了老人的枕头底下。

车子终于徐徐启动了,透过车窗,我突然看到一个熟识的身影在车后不断地挥舞着左手,我赶紧别过头去,生怕控制不住哭了起来……

很多年之后,我才知道,紫色是由温暖的红色和冷静的蓝色化合而成,是真情的奔赴者,热烈而不知疲倦……在我求学的那段日子里,无论怎样的颠沛流离,我的脑海里总会浮现出那座深藏在双个尖山麓的小车站,那个踮着小脚,佝偻着身子,打着一盏紫色的风灯为我引路的老奶奶身影,每每想起这些,我的心就会悄然地温暖起来。

左谭右李

谭飞和李晟是老乡,在韩国打工时就在同一座城市——釜山,虽然不在同一家工厂,但因为工作性质相同,所以平时有很多交集的机会,时间一长,两位身处异国他乡的年轻人自然而然成了莫逆之交。那年夏天,两人相约来到莲山 5 洞 1000 番地釜山广域市厅前拍了一张照片,这是他俩在韩国的唯一合影,左边站着的是谭飞,李晟靠在右边的一棵硕大的山茶树边,两个人双手紧紧握在一起,脸上挂着满满的信心,这张照片被他俩当成了最宝贵的财富。回国后,两个人回到家乡后一起进入到了当地一家水产企业,各自当了部门的经理,虽然生活安逸,但两个人总觉得还缺少点什么。嗯,缺少了在韩国创业时的那一股冲劲和激情,是的,一定是了!

有一次,两个人互相上网时,查到当地有一家韩资企业正在招收一名地区经理,首要条件就是要有五年的韩国工作经历和基础。虽然不清楚备选条件是什么? 但谭飞和李晟已经有资格了。两位在韩国都是从事新型环保建材专业,而且都拥有该专业的 A 级工程师证书。而最让谭飞和李晟上心的还是那充满了韩国泡菜味道的百万年薪了。这个诱惑味十足的年薪与现在的工资比起来,那可是一个在天上一个在地下,但其实说起来两者根本没有可比性。

两个人按照规定, 不约而同将各自的履历通过对方的邮箱发了过去,当即得到了回信,来信请他们三天后到公司笔试。参加笔试的总共有十三个人,而录取的名额只有一个,这好比一个香馍馍碰着了十三个饿饥汉,那是啥概念? 录取到你头上的概率等于是零。可不是吗? 为此,谭飞和李晟都抱着共同参与的心态来看待这次近乎天赐的良机。笔试一个星期后,谭飞和李晟都收到了公司发来的面试函,要他们两天后到公司总部参加面试,而面试只有两个人,就是谭飞和李晟。天呐,这是真的吗? 谭飞和李晟互相掐掐腿,拧拧脸,天呐,确实是真的!

接到面试函后,谭飞和李晟是既兴奋又彷徨,兴奋的是过五关斩六将,终于杀入了决赛圈,可兴奋过后呢? 回过头才发现,谭飞和李晟两位最亲爱的兄弟居然成了一对为了百万年薪宝座而即将争个你死我活的"敌人"。虽然两人都一个劲怪公司在优秀人才面前为啥设置这么一个唯一性超强的岗位,但还是互相祝福。面试前几个小时,两个人相约来到那家经常光顾的理发店,理了时尚的斜刘海纹理烫发式,又穿上相同颜色的职业套装,一切打点妥当,两个人一起来到公司十五楼的总经理办公室。

面试官是一位精明强干,一脸菩萨相的男人,从旁边的那位办公室主任模样的漂亮女人口里得知,面试官就是公司的总经理欧阳先生。欧阳先生向两位提出的面试题不外乎"梅须逊雪三分白"的优点,与"横看成岭侧成峰"的缺点这两大方面,而谭飞和李晟对面试官所提的这些问题各自交错,沉着应对。面试完后,欧阳先生对两位超凡的表现相当地满意,称他们俩都是业内年轻有为的实力干将,都有自己独特的一套公司营销策略。

"两位学历相当,经历相同,笔试面试成绩都是旗鼓相当,毫不夸张地说,你们俩都可谓是人中之凤,不过有一点很遗憾,那就是本公司限于名额,只招收一位地区经理,因此,你们俩中间势必要淘汰一位,我历来是一个惜才之人,你们俩我都难以割舍,听说你们俩还是在韩共事多年的好友,我只能将这个球踢还给你们,你们俩回去以后好好商量一下,到底由谁来挑此大任!"

坐在李晟的车里,谭飞默默无语,这确实是一个很棘手的问题,左边是多年的好友,难以割舍的兄弟情,右边则是百万年薪的地区经理宝座,终将无法摆脱的诱惑。

"兄弟,还是你去吧。你比我更需要这个职位!"

沉默许久的谭飞终于开腔了。

"哎！谭哥，还是你去吧！我比你年轻，机会比你多！"

把着方向盘，李晟将这个充满了无限魅力的绣球温文尔雅地抛还给了谭飞。

回到家里，辗转反侧、夜不成寐的谭飞打开电脑，飞快地按动着键盘，几分钟后，一封简明扼要的短信终于完成。像一个不成熟的贼，谭飞环顾四周，蹑手蹑脚地将邮件发了出去，终于，他长长地吁了口气，瘫躺在冰凉的地板上，久久不愿起身……

一个星期后，谭飞终于收到了电邮，是欧阳先生的亲笔信。

"两位都指出了互相之间所存在的缺点，这是难能可贵的，虽然表面上貌似有点人不为己天诛地灭的感觉，但我觉得就当今社会而言是再正常不过了，丝毫感觉不到丁点打假球的味道，我们需要的是绝处逢生式的真话，而不是互相退让的假模假式。通过我们认真核查，你们俩所指出的相互之间的缺点是真实存在的，只有缺点真实了，才能有真实的优点，经公司董事会研究决定，你们俩都被本公司破格录用，谭生负责华东地区，李生负责东南亚地区。希望在你们的帮助下，将公司本年度的业绩更上一层楼，再次恭喜两位。"

看完信，谭飞默默良久，他喝了一口刚泡的咖啡，苦涩得有点瘆人，看着桌台上的那张合照！左边站着的是谭飞，李晟靠在右边的那棵硕大的山茶树，两个人双手紧紧握在一起，脸上挂着满满的信心……谭飞缓缓地将照片反扣在桌上，满脑子都是他和李晟交叠纷错的影子，但早已分不清究竟谁在左边，谁在右边。

账　单

当初，托人到家里说媒的人简直都要快把门槛给踏烂了，有些条件好得连她美丽的花容都黯然失色，可她从来没有答应过任何一个人。因为，她的心里已经住了一个人，不能再装其他的情感了。在一个风雨交加的夜晚，她与只有一间破瓦房的他"私奔"了，执拗的父母勒令她，选择这个家就必须和他一刀两断，选择了他只能净身出户，永远断绝父女关系……她艰难地选择了后者。

她辞去了优越的工作，拿了几件换洗衣服，用辞职时领到的半个月工资作为路费，跟着他一路颠簸去了广州……

十年里，尽管她非常思念远在千里之外的父母，可是为了他的自尊，她甚至没和父母通过一个电话。三年后，他们用微薄的积蓄盘下了一个快要倒闭的门面，简单装修后开了一家重庆火锅店，几年工夫，就赚得钵满碗溢。

有了豪华的住宅、高级轿车和一个乖巧的儿子，日子好过了许多，可家庭却开始笼罩阴云了。

他喜欢上了另一个女人。他说他愿意用这套豪华的房子来换取他的自由。但她始终拒绝在离婚协议上签字，无奈的他只得向法院递交了离婚诉状。

一周后，她将一只密封的信笺通过好友递到了他的手上，说这是她这十年来应该得到的账单。他拿着那张账单钻进办公室，整整两天两夜,谁敲都不开门,包括那个女人。

第三天,他向法院撤销了诉讼,而那个女人也从此在人们的视野里消失了……

几天后,他带着行李回家了,当着她的面,他掏出了那张账单,仔细地诵读起来:

结婚 10 年,你帮我烧过 10 次饭。

结婚 10 年,我从未漏下你的一日三餐。

结婚 10 年,我用最青春的时光养育了儿子。

结婚 10 年,你只给了儿子一个姓氏。

结婚 10 年,我和你的父母和睦相处,没说过一句重话。

结婚 10 年, 你始终不肯低头叫我的父母一声 "爸爸" "妈妈"……

读着读着,他泪流满面,掏出打火机轻轻点燃了那张账单,然后紧紧地抱住了她,说:"对不起。"

榨 死

"九佬十八匠",手工榨油算哪一佬? 一问那些上了年纪的人,就可对上号了。"打榨佬"属于"站三佬""坐三佬""勾腰三佬"中的"站三佬"。那么"荷花坪手工榨油坊"的主人沈瑞梁就应该叫"沈打榨佬"了。

据说沈瑞梁的父亲是前清的一位举人老爷,举人老爷的后代咋就和"打榨佬"掺和在一起了呢? 如果天还没变的话,说不定这个沈瑞梁也会续了老爷子的衣钵,混个一官半职。可眼下是天变了,举人老爷狗屁不如了。为了养家糊口,沈瑞梁兄弟五个只得依靠自己,学门手艺,自食其力。大哥二哥举家去了广东一洋行谋生,老四老五都到宁波一家船务公司跑船去了,兄弟几个曾都喊他出门一起跑生活,可胆小的他宁可猫在这片穷乡僻壤,就是不敢出门闯荡。年迈的举人老爷偷偷塞给他五十块银圆,让他做个小本买卖,毕竟这么大一家子需要有个顶梁柱。

沈瑞梁择来选去,最后居然选了个"打榨佬"的行当。其实他心里早就有了个小九九。那时候,荷花浦当地盛产油菜和桐树,乡下人穷,开不起作坊,一到收获季节,四里八乡的乡亲都拉着菜籽和桐籽上城里的榨油坊榨油。这可是一个商机,有了本钱的沈瑞梁就在茅坡山顶的大路边修了两间亮柱瓦屋的榨油坊,一间是碾坊,一间放主榨、石磨,砌有一口大灶。灶是土砖封砌,两端分设火塘,架一正一斜两口锅,正锅用于炒菜籽,斜锅用来蒸菜粉。石碾由碾盘、将军柱、碾滚和碾架组成,碾盘由九块大石头凿槽拼合而成,盘中心设竖轴将军柱,上连碾架,架中套碾滚子。主榨是一根硕大的油槽木,为百年以上的松木,中心凿"榨河",河两端设"狗老儿"(卡子),随着码子的增加而移动。码子就是木枋,根据厚薄分为薄子、凳子、十字码等,依次放入油槽挤压油饼。撞锤悬挂在屋正中,一头用草绳固定,上端连接"枷档",是一个马鞍形的木架子。这样,一座有点儿规模的榨油坊就建成了。

沈瑞梁的榨油坊因价格合理,服务上心,生意特别兴旺,附近的乡亲纷纷将自家的菜籽和桐籽都拉到荷花浦来打。

两年后的一个夏天,东洋人开着几艘冒着黑烟的运兵船包围了荷花浦,天变了,"沈打榨佬"的打榨生意一落千丈。这里面有两个原因,一则是大部分乡亲为避兵祸都逃到了隔海四明山的深山冷坳里去了，二则兵荒马乱的谁还有心思种菜籽打油桐呢？保命都来不及呢。

这天下午，冷冷清清的榨油坊来了一队人马，带头的是舟山驻屯军的少佐大岛一郎，翻译官是宁波人，所以听得懂舟山土话，他要"沈打榨佬"务必在两天内将十担菜籽打成油和菜饼送到城里的驻屯军司令部，如果按期完成不了，就将"沈打榨佬"的全家就地枪决。天呐，这下"沈打榨佬"彻底蒙了，现在上哪找十担菜籽？附近的乡亲跑的跑，躲的躲，莫说十担，就怕两担也难找齐全。"沈打榨佬"后悔了，后悔当初没带家人跟乡亲们一起跑，后悔没听兄弟们的话出外做生意。可眼下后悔有啥用？唯一的办法就是找个有心计的人合计合计，把眼前的祸给躲过去。"沈打榨佬"想到了一个人，他就是翁洲浦的谢三爷。谢三爷是他们沈家的世交，在临城地界上两家一遇到啥难事，都会找上门互相磋商，每每也总能化险为夷。就拿几年前震惊岛国的谢大姑绑票案与沈老三掘墓案来说吧。谢大姑是谢三爷唯一的亲妹子，前几年去城里看灯会，被黑龙潭的海匪头子郑三炮看上，竟被绑票到海匪窝里做压寨夫人去了，最后，还是艺高胆大的沈老二只身独闯黑龙潭，他冒充谢大姑的娘家大哥接近郑三炮，趁其不留神反过来绑架了郑三炮，这才将谢大姑换了出来，最后由谢三爷做主，两个人结为了夫妻。第二桩是沈老三的掘墓案，那就来得更为蹊跷了。那天夜里，沈老三因一桩小事被父亲沈举人骂得狗血喷头，喝了很多闷酒的沈老三一气之下跑到刺山的一座坟墓旁，一觉睡到大天亮。醒来后你猜发生了啥？县长亲爹的坟给人刨了！棺材里的金银珠宝被人掘了个精光不说，老太爷的尸骨还被人从棺材中倒了出来，破碎的骨头儿撒了一地。上山打猎的猎户一见赶紧报了官，当县长带着一队警察赶到时，沈老三还在那里呼呼大睡。按照过去的律例,掘人家祖坟那可是死罪。后来还是谢三爷通过省城做大律师的侄子,巧嘴簧舌跟县长大人对簿公堂,再加上上下一打点,最后给了沈老三一个无罪开释。这下谢沈两家更是生死之交了。现在"沈打榨佬"遇到了天大的祸事,谢老三哪有袖手旁观之理?他问沈瑞梁:"家里还有几担菜籽,几担桐籽?""三担菜籽外加二担桐籽!""这就好办了!"他拉过沈瑞梁悄悄耳语了一番。最后,沈瑞梁将信将疑地问:"此法可行?""绝对可行!东洋人是贼,怕他们作甚?"

两天后,十桶清澈碧绿的菜籽油和几担喷香香的菜籽饼按时送到了城里的日军驻屯军司令部。

俗话说,多走夜路总会遇着鬼的,几天后,驻屯军司令部和整个岛国凡是东洋人的兵营还真遇着了一桩鬼事,不少鬼子和马匹都相继倒地毙亡,据军医化验后报告说,士兵和马匹都是吃了"沈打榨佬"送来的菜籽油和菜籽饼中毒死的。这下把大岛一郎彻底惹毛了,大批鬼子将整个荷花浦围了个水泄不通,可找遍了角角落落,连个人影都没找到,莫说"沈打榨佬"了。恼羞成怒的大岛一郎指挥鬼子兵一把火将整个荷花浦烧了个精光……

有人后来说,恨东洋人都恨到南天门的"沈打榨佬"为了交差,在菜籽油和菜籽饼里掺入了祖传的毒药,然后买通了一个拘鱼阿毛连夜举家逃出了岛国。也有人说,"沈打榨佬"的三弟是四明山上的游击队,一听兄弟有难,就偷偷潜回老家,帮着"沈打榨佬"在菜籽油中下毒,并把毒油送进东洋人兵营,然后不费一枪一弹干掉了一大批鬼子,这就是"打榨佬"通常所说的榨死。

1945 年夏天,鬼子投降后,谢老三曾在城里的一家茶馆喝茶时不慎透露了天机,"那是夹竹桃立了大功,当年沈瑞梁私下将大量的夹竹桃榨汁后混入油中,才让那么多的鬼子去了西方极乐世界！”

这事到底真不真，咱也无从考证了，不过，现在你只要去荷花浦，漫山遍野开满了娇翠欲滴的夹竹桃而无人砍伐，那倒是真的！

雨　人

刘青是京城的一位出版商，平时除了工作，最大的爱好就是钓鱼了。每次一有空，他总喜欢开车到城郊的一些鱼塘和河流去钓鱼。刘青钓鱼有个习惯，就是从不喜欢吃自己钓上来的鱼，而是送给那些真正需要鱼的人，有人说他傻，但他觉得这才是钓鱼的最高境界。

一天下午，他驱车去郊区一家鱼塘钓鱼，突如其来的一场车祸使他失去了左眼。在医院躺了整整一个月，本想实行眼角膜移植，却因没有合适的眼角膜母体，就一直耽搁了下来。虽然曾经因钓鱼受了伤，但他还是改不掉这一老习惯。那天，他照例又来到郊外一座鱼塘钓鱼，沿着一条长长的草塘，他看见了一个蓬乱着长发的中年男子坐在一座小屋前，正用双手慌乱地扒拉着破碗里的剩饭残羹。他一定是个疯子，否则不会用那么肮脏的手扒拉着那么肮脏的饭菜，从小就富有同情心的刘青忍不住转过头多看了他几眼，胸口仿佛被一把利刃顶着似的，生疼生疼……

傍晚，刘青提着网篓路过小屋，看见男子蹲在那里还在吃着饭。他好奇地走了过去，那是一座用石头砌成的小屋，屋里破败的景象让他非常的惊讶,然而更让他吃惊的是,整个屋子里到处都堆满了书和稿纸,他粗略一翻,有普希金、高尔基、村上春树等外国作家的,更多的是巴金、铁凝、陈忠实等国内著名作家的书籍,翻看着一页页泛黄的稿纸,他仿佛看到了另一个世界:人间冷暖、孩子痛苦的嘶喊,妇人无助的哀号……一张破旧的书桌上凌乱地摆放着笔和纸,一只翻倒的墨水瓶流出的墨汁,挤过桌缝慵懒地滴滴答答着。地上扔满了揉乱破败的纸,他拿过一叠稿子问那个男子,"这些都是你写的?""都是你写的!我写的!你写的!"这男子原来是一个疯子。他曾经看过著名演员达斯汀·霍夫曼和汤姆·克鲁斯主演的美国电影《雨人》,影片中的"雨人"让他泪如雨下,久久无法释怀。

刘青抓出两条最大的河鲫鱼放在桌上,想想不行,怕他生吃,只好帮着将鱼洗得干干净净的,然后搁在一台破灶上清蒸了起来,不一会儿,一股清香飘满了整个屋子。看着那个男子就着锅子用手抓鱼那狼吞虎咽的样子,刘青的眼帘模糊了。他拍了拍手上的鱼鳞,搁了一张名片就转身离去,他知道他已经做了自己该做的事了。

回到公司,刘青赶紧在网上查了起来,一查才知道,"雨人"这病很棘手,它是一种医学上至今连原因都不明的脑部异常疾病,一旦得病,不仅使病人丧失了与他人建立人际关系的能力,连语言上也都存在着很大的障碍,很难想象,他们当中有的具备超出常人的记忆、数学运算、音乐、绘画、文学创作等方面的能力,却无法理解和处理自己的日常生活。他们当中的一些人最初被视为天才,后来才被确认为精神障碍疾病患者。"雨人"是一群极为特殊的群体,虽然有着异乎常人的思维和行为模式,却无法融入主流社会,他们是一群"星星的孩子"。

第二天,刘青带着一个年轻的女编辑去了趟男子的家,他正趴在角落里一个劲地撕着纸,一看有人进来,赶紧罢手,躲到墙角眼睛直溜溜地盯着他们俩,"今天我带我们的一位编辑特意来看看你,可能的话还要帮你出书。""出书?书出你吧!你这个大骗子!""妖精!妖精来捉我了!"他吓得在墙脚边蜷缩成一团,瑟瑟发抖……

"前一段时间出了车祸,我的一只眼睛被车撞瞎了,等找到了眼角膜,治好眼睛,我再来看你!到时候我们谈一下出书的具体事宜。"说完,他们将一些营养品和水果搁在桌上,便悄悄地离开了。

突然有一天,医院打电话给刘青说,有人主动要把眼角膜捐赠给他。

接受手术后不久,他的左眼恢复了健康。可打那开始,他常常看到可怕的景象:人间冷暖、孩子痛苦的嘶喊,妇人无助的哀号……

他去医院复查时,医生告诉他捐给他眼角膜的人是一个叫韦糖的中年男子,看样子还是个"雨人"。他惊讶不已,难道就是那个扒拉着剩饭残羹的"雨人"?

他很快又去了韦糖家,刚好碰到当地的一位村主任,村主任告诉他说,韦糖本来是一个健全的人,28 岁那年,正在工地做装潢的韦糖被一块突然掉下来的五孔板砸中了后脑,在医院的重症病房躺了整整 15 个月,后来虽然捡了条命回来,但醒了以后就变成了一个失忆的人,失望的妻子带着年幼的孩子无奈地改了嫁。说来也怪,自从他变成一个失忆人后,居然像模像样地看起书和写起东西来,写出来的东西还有模有样,当地人都是啧啧称奇。在自己小小的房间里,韦糖日复一日,年复一年写了很多的小说，可是一篇都没有发表过。

那天晚上，韦糖对村主任说，如果我死了，就把我的眼角膜捐给那个人。他给了村主任一张名片。

两天后，韦糖在屋后的那棵老槐树前上吊自杀了……

刘青带着工作人员在韦糖的家里清理了大半天，共整理他留下的手稿12部。刘青和工作人员看着一沓沓泛黄而发出阵阵霉味的书稿，每个人都哭了。每一叠稿子都像是被死亡和恐惧笼罩着，可是，看着看着，每一叠都充满了渴望活着的那最后一声压抑的呐喊……

刘青知道，韦糖的确是一个用非凡的文学创作燃烧生命的"雨人"。他用他的独特思维方式带着人们看到了他短暂而激情人生背后的那一束耀眼的光芒。

一年后，韦糖的12部遗作出版发行，并轰动了整个大陆文坛。

隐　城

胥岭地处建德桐庐交界，远远望去，只见两三百户瓦房密密匝匝集于八百余米高的崇山峻岭间，于山岚云气之中若隐若现着，就像一座小型的西藏布达拉宫。

当年，一些因战乱败北的历史名人素来喜欢将此地选作休养生息之所。那些名人和追随者们逃到此地后，便选择偃旗息鼓，不敢大声喧哗，以免引起朝廷恐慌，发兵而剿之。他们上山后,过的和当地土民一样的日子,足蒸暑土气,背灼炎天光。随着时光的推移,他们的穿戴举止和土民们大同小异。再说平时土民们都忙于生计,讲究的都是山里或者田头收成的话头,哪有闲工夫去注意另一些琐碎事情。

其实一个小镇的文明根基不可能起始于一朝一夕,传说这个小镇是颇有来历的。相传,两千多年前的春秋时期,楚国发生了一场宫廷斗争,楚平王与太子为争夺一美貌秦女,竟刀剑相向,闹得满朝鸡犬不宁。太师伍奢冒死进谏,然祸及己身,可叹竟与长子伍尚一齐为此丢了性命,次子伍员(子胥)为避楚王谋害,只得连夜逃奔吴国。他和护卫们历尽千难万险,吃尽千辛万苦,过昭关时一夜急白了头发和眉毛,幸而一路人相助,从遥远的楚国一直逃到"吴头楚尾"的桐庐建德交界处的下包胥岭枫坞口。当他回首来路,发现追杀他的仇敌终于被甩得不见了踪影,才长长地舒了一口气。此时忽觉又饥又渴,四顾猿鸣枭号,荒无人烟,只有不远处有一间空茅屋,屋外有一口古井汩汩冒着清泉,上刻"天赐"两字,井旁有一大片类似茶叶且满披白色茸毛的嫩芽。嫩芽毫香重,毫味显,护卫们不管三七二十一,采了一大把,汲了些"天赐"水,进屋架起柴草,煮了一大锅。但见汤色清淡,茶味鲜醇,十分素雅,伍子胥和护卫们狼吞虎咽连汤带叶吃个精光,顿觉神气清爽,体格精健,眉发绀绿。他想到这里穷乡僻壤、缺医少药,还有那些一路上帮助过他的人,因无以报答,便与护卫们带了些树苗进山,让它们造福于百姓。然后,他带着随从们一起农作耕耘,暂时忘记家仇。伍子胥和护卫们回到胥村对面的小山呑住下,并全部改姓胥。胥姓人谆训伍子胥"凡事不张扬"之教诲,做事小心谨慎,从不和当地官府当地乡民接触,形成了一个神秘的部落,并建造了一座规模不大不小的城镇。后来,伍子胥翻胥岭,沿胥溪,过胥村,至胥口,买舟东下,到了吴国,助吴国富国强兵,借吴国报了家仇。胥岭的百姓为了纪念为民减灾避难的英雄,把他带下山的白茶称"子胥眉茶"。据说,这白茶的神奇效用一传十,十传百,连皇帝老子也听说了,从此,让百姓每年如数上贡,"子胥眉茶"又成了"贡茶"。那是后话了。

当地一个放牛娃据说曾经见过那里的胥人和那座寂寥的城落,并将此事告知了当地的一位乡绅。乡绅一听,颇感惊奇,活了六十多个年头,他还是头一遭听说此事。胥岭本就地少田薄,竟然还有那么多人来此争抢饭碗,这还了得?他赶紧按着放牛娃所指的路线前去探访。可到了那里,只见云青欲雨,水澹生烟,正值三月春绿,东风卷着湿气在密密枝头打乱成滴滴莹露。此山无道,却也平缓可行,只是被那密密丛林迷乱了方向,亦不知到了哪座山头。行至半山腰,灌木丛中突地一阵骚动,惹起几片纷飞的嫩叶。忽而又起一阵,层层叠叠的绿意间突兀出一绢白织。骚动声越来越大,四周矮木皆纷纷摇下凉叶,"噌、噌"几声,终于蹿出一道道白色影儿。乡绅吓得赶紧趴在草丛中,半晌不敢动弹,定睛一看,竟然是十几只浑身雪白的银狐,转眼消失后,便再也没见他人了。乡绅四下寻找,却找不到丁点片砖碎瓦,更谈不上见着那座神秘的城镇了。

回家后,乡绅再次仔细询问那个放牛娃。

真有此事?

亲眼所见,绝无戏言,我还和他们搭话了呢。

惊恐万分的乡绅只好将此事上报官府。知县一听,也坐不住了,甚觉蹊跷,连忙带人上山探访,但荒郊野岭不是风声鹤唳,便是萧疏了。

知县特意去附近的"大慈岩庙"拜访了百岁当家和尚慧谨法

师,法师说确有此事,那些胥人不仅建造了一座小镇,还繁衍了成千上万的子孙。

可知县不解地问,那个放牛娃能看见他们,为何我和当地乡民前去探访,却啥都看不见呢?

这是一个很简单的道理,放牛娃的娘是当地土民,而他的爹却是那座小镇里的一名护卫后人,血统的遗传让他看到了另一个世界。

那我们怎么才能见到他们呢?

"本来无一物,何处惹尘埃。"心是一颗明珠,以物欲障蔽之,犹明珠而混以泥沙,其洗涤犹易。以情识衬贴之,犹明珠而饰以银黄,其洗涤最难。我们每个人都有缺点,都需要别人对自己体谅与包容。而生活中,人们往往只对自己的错误、缺点给予谅解、包容,而对别人的缺点错误总是吹毛求疵。人和人之间缺失的是相互的谅解和宽容、彼此的和睦与关爱,矛盾和争斗也因之而起,生死轮回也因之延续不绝。佛家有境界之说,那是心之境界,心之境界有多高,人生之境界就有多高。境由心生,境随心转,心外无境,境不离心。本心清净,地狱也是乐土。内心烦扰,天堂终成鬼府。有有境之心,无无心之境。由境求心,千头万绪,以心得境,一派天真。这也正是常人所不能见到他们的真正原因之所在。

全民微阅读系列

兄　弟

在我们家乡有句俗话"女人乘船船要翻，女人下海海要荒"。所以，海龙王最忌讳女人随船出海了。

父亲的涨网船出事了。

父亲带着阿姨出海涨"小踏步"已有好长一段时间了。涨"小踏步"是我们海边人家一种比较古老原始的讨生活手段。工具简单便利，只需一条自备的小船，数十顶乃至上百顶小网，沿内海顺着潮水将渔网密密匝匝地编排放入内海中，一昼夜就可以拉网收货了。这是一个靠运气的行当，运气好的话，钻入网眼里的有透骨新鲜的梅童、活蹦乱跳的虾鼓蛋……如果运气再好一点点，还可以拉上整网整箱的十六梅呢。那些海鲜和渔嫂们刚刚从汰横边敲下来的辣螺、牡蛎、芝麻螺一样都深受夜排挡老板们的青睐。有钱人就喜欢吃这些纯天然无污染的大自然馈赠品。

每次，父亲带着阿姨半夜出去，天还未亮，总能挑回两筐新鲜诱人的活海鲜。一个电话打出去，估摸一支烟工夫，一个大腹便便的男人便开着一辆皮卡车匆匆驶来，每次，他总会朝父亲甩过一包中华烟，将海鲜一一过秤，接着，男人从屁股后敞袋变戏法似的掏出一叠钱，草草数出几十张，往父亲的胳肢窝里一塞，然后将盛装海鲜的箩筐扛上皮卡车车斗，打了个招呼就开车一溜烟跑了。

父亲挺羡慕这个已经合作了三年的排挡老板，总想有一天不再出海讨生活,也能开一家像模像样的夜排挡。但每次看到咱们那羡慕的目光时,父亲总说这是父辈的事,做子孙的只有好好读书,才能出人头地……

以前,父亲雇了一个外地小工做下手,后来阿姨说雇别人损料,不如让她下海打下手。阿姨是个粗蛮的女人,赶海是一把好手,父亲似乎忘记了古训,毫不犹豫带她下了海。祸却比想象中要来得快,父亲的船终于出事了。听回来的渔民讲,那天海面出奇的平静,没有风浪,但父亲的小船却突然翻了,父亲是为了救不谙水性的阿姨才把命给搭上的……

父亲和阿姨死后,我跟阿弟成了孤儿。以前都是由社区出钱供我们兄弟俩读书吃饭,后来那个新调来的主任说,政府只能供我们其中一个,这就意味着我们兄弟俩一个有饭吃有书读,另一个只能饿肚子了。

有一天,一位远房的表叔来社区找主任说要领养我们兄弟中的一个。我听到这个消息后很兴奋,但马上又沮丧了。阿弟从小比我聪慧,又深得父亲喜爱,是家里真正的小阿哥。表叔却没说啥,只在阿弟的秃脑瓜上摸了又摸,最后握着社区主任的手说要带我走。我一听欣喜若狂,不动声色地偷眼看了看阿弟,他津津有味地啃着表叔带来的麦当劳,唉!毕竟是一个七岁的孩童,啥都不懂啊!

天蒙蒙亮,我们是乘岛上第一班航船走的。阿弟沿防浪堤跟着航船不断地跑着,阿哥,阿哥,有空回家来看看我啊!不要忘记我!突然,阿弟一个斤斗摔在堤坝的绳柱上,哭嚎着使劲朝我招手,我的眼角润湿了……

这就是机会!是机会眷顾了我,让我跳出了海岛,最后让我读上了梦寐以求的大学。虽然苛刻的表婶始终没有给过我好眼色,但我还是很感激她最终接纳了我。

　　大学毕业后,我被上海一家电脑公司聘为了首席程序设计师,还利用按揭在浦东买了一套宽敞的住宅,阿弟在我的心里渐渐成了一种遥远的记忆。

　　我和阿弟的关系很特殊,他是阿姨和父亲生的,毕竟不是在同一个娘胎里待过,在脑海中一闪而过的只是对父亲无尽的思念,除此之外,连最起码的兄弟之情也在我的心中渐渐地消失殆尽。

　　那天,表叔打电话说要带阿弟来上海看我,我有点激动,毕竟是自己的兄弟,毕竟已有十余年没有见面了,那个在堤坝上亲"吻"湿漉漉腥哄哄绳柱的动作在我的脑海里还是常常重现。

　　下班回家后,表叔带着一个土里土气的后生正等在楼道里,我猜想他就是我的阿弟吧?我连忙将他们让进屋。给我的第一印象,阿弟是个木讷的小男人。进屋后,他将脏兮兮的脚搁在茶几上,脱下黏糊糊的衬衫使劲掼着灰尘,空气中弥漫着一股浓重的汗酸味儿……

　　阿弟就在我家住了下来。而相爱了半年的女朋友却提出要和我分手,说接受不了我有个邋遢阿弟的事实。我解释说阿弟只是好奇大上海才过来小住几天,马上就回海岛老家的。可她不依,非得让他马上离开不可。那天晚上,我和她狠狠吵了一架,最后,她提着箱子离去了。失恋后,我每天抓着阿弟的衣领撒气,他吓得哭了,阿哥,你不要生气,我明天就走!我拉开房门指着马路大声怒吼,你给我滚!不用等到明天了,马上给我滚!

　　一大早,表叔和表婶气冲冲地跑到我家,后面还跟着阿弟。表婶母夜叉似的冲到我的面前,像要将把我活剥生吞似的。

　　你这个白眼狼!当初真不该过继你!

表叔将我拉到一旁不停地数落,你这孩子也太不像话了,你有今天这局面,是怎么来的吗?

是您和表婶给的!

不!是你的阿弟!

是我阿弟?

当初是你七岁的阿弟哭着求着要我带你走,说你比他聪明,喜欢读书,将来一定有大出息!还有,你根本不是你爹亲生的,三个月大时,他在轮船码头捡的你!

一听这话,我彻底惊呆了。我猛地回过头去,却早已不见了阿弟的身影。

跑到轮船码头,船已经徐徐离岸,只见阿弟低着头正随着如潮的人流向船舱涌去,背影越来越小,越小越模糊……

心 香

妈妈,妈妈,你就这么走了?你真的不要我了吗?

隔着清澈见底的梅花江,心香将手拢成喇叭状撕心裂肺地哭喊着。

香香,回去吧,听妈妈的话!等你考上大学,妈妈一定会回来送你的!

梅花江不宽,只隔了两艘渡船的距离。

女人回过头朝她不断地挥着手,一个猥琐的老男人提着包,正蹲在渡口旁的那块大白岩上不断"吧嗒吧嗒"地吸着旱烟。

妈妈走了,放学后要记得早回家,做完功课,早点睡觉!

女人拉着男人,跟在人群的后面朝早已候在渡口多时的公共汽车走去。

妈妈,我恨你!

心香双手不停地撸着一把柳絮,眸子里充满了绝望。

心香的老家在大巴山脉的最深处,那个时候,爸爸和妈妈常年在外打工,虽然相聚的时间少得可怜,但好歹有一个完整温馨的家。

每次过年,爸爸妈妈总会拎着簇新的衣服和新奇的玩具回家,当然,还会捎上许多她从未品尝过的水果和零食,那是心香最幸福最快乐的时光。有了爸爸大手的呵护,加上妈妈细心的爱抚,心香将留守儿童特有的孤独和落寞都抛到了九霄云外。

可好景不长。去年春节前夕,爸爸和妈妈在回家的路上遇到了一场飞来横祸。大巴司机因疲劳驾车,在盘山公路上错把刹车当成了油门,大巴车冲入了万丈深渊。万幸的是,妈妈在大巴车快要散架的瞬间,被爸爸的大手推出了窗外,悬空地挂在了一条巨大的松枝上,才逃过了劫难,爸爸和车上的 58 名乘客却再也回不来了。

料理完爸爸的后事,妈妈带着心香离开了那个充满爸爸影子和伤感的老家。妈妈用爸爸那可怜的卖命钱在县城里买了一套廉价的小居室。妈妈说,心香是她的希望,也是他们老张家唯一的种苗,考上重点大学是爸爸生前最希望和最牵挂的,只有到了城里,接受更好的教育,心香才有可能考入重点大学。

妈妈还告诉心香,今生今世决不改嫁,再苦再累,也一定咬紧牙关将她送进大学的门槛,否则对不起爸爸的在天之灵。每次听到这些,心香总会忍不住搂着妈妈的身子号啕痛哭起来。

刚上小学的时候,心香真不愿意妈妈改嫁,对所有和妈妈接触过的男人都充满了敌意。有些男人来她家,心香不是故意把电视机声音旋得快掀翻了屋顶,就是将洗碗水放得溢出了盆,害得妈妈总是潦草地结束跟别的男人谈话,操着扫把忙乎不停。就连送水工和收电费的上门,她也是爱理不理。

为了生计,妈妈在街上盘下了一间门面,利用以前在娘家时曾学过的烹饪技术,开了一家刀削面店,生意虽然寡淡,但足够母女俩的日常开支。看着妈妈憔悴的脸色,已经读高三的心香曾好几次想劝妈妈再找个伴,可话到嘴边却又溜了回去。

她心里永远藏着爸爸的影子,所以更加难以接受别的男人。曾几次,心香躲在书房里,透过门缝,看着妈妈和面的吃力劲和苍白的脸色,她偷偷地哭了。

那天晚上,一个装束老土的男人来到她家,妈妈对他特别客气,竟然破天荒地到附近的一家大酒店摆了一桌上等的酒菜招待他。回来后,妈妈把心香叫进卧室,样子很迁就。

香香,妈妈想和你商量一件事。

啥事? 妈妈。

妈妈有人了,是妈妈老家的。

啥? 妈妈你要改嫁了? 你不是说我们两个人相依为命,永远不嫁人吗?

那个叔叔是妈妈的好朋友,如果没认识你爸爸,妈妈早就和他结婚了,现在,他已经 38 岁了,还是独自一人,你姥姥说他为了等我,已经回了六门亲事。妈妈要跟他去老家生活,以后就靠你自己了。

啥呀? 你还要跟他去老家? 为啥不叫他过来? 心香急得差点哭了起来。

他在老家开了一家公司,不能随便过来!

他还开公司?

本来,心香还想说什么? 但最终啥都没说。

临分别时,叔叔交给她一本存折。

心香,叔叔和你初次见面,也不知道给你买点啥。叔叔在卡里给你存了五万元,就算是你上大学的费用。一定得好好复习,争取考上名牌大学。

妈妈也将一张卡塞到她的手里。

香香,妈妈把这一学期的生活费都打到这卡上了,兴许这段时间妈妈不能来看你了,要记得省点花。

心香抱着妈妈使劲地哭,久久不愿撒手。

妈妈跟着那个老男人走了, 一走就是半年, 像断了线的风筝,没有任何音讯。

心香如愿考上了北京的一所重点大学,随着通知书的到来,她想见妈妈的渴望愈来愈强烈了。当初,妈妈说等她考上大学就会亲自来送她,可妈妈人呢? 你在哪里呀? 妈妈。

临去学校报到的前一天, 那个老男人独自一人风尘仆仆地赶到她家。

怎么只有你一人? 我妈呢?

心香,叔叔先给你讲个故事,你听完后一定得坚强,因为你现在已经是一个大学生了!

她的心陡地紧张了起来。

我其实是你的一个远房亲戚,并不是你妈妈所说的叔叔,照辈分排起来,你还得叫我二舅呢?

叔叔? 二舅?

心香一片茫然。

其实，你妈妈一直都没有改嫁。她是个不幸的女人，半年前在医院里做体检时被查出患了肝癌，医生说最多只能活三个月。那时候，刚好是你高考的紧要关头，她就打电话把我叫了来，要我和她在你面前演一出戏，目的就是让你好好高考，考进重点大学！于是，她把家里最后的五万元积蓄故意让我交给你，作为你读大学的费用，另外，还将店面盘掉给你做生活费，然后当着你的面狠心地离去。其实，我们一刻都没离开你过，就租住在县医院的旁边，在那里，我陪她度过了最后一段时光。你妈妈走的时候很安详，安详得就像将所有大事都卸掉了一般。我后天也要回老家了，顺便送你去学校报到，这是妈妈给你的最后承诺！

妈妈！妈妈！

心香突然撕心裂肺地号哭起来。

握　手

一

上初中时，小范13岁，小赵14岁。

小范是个腼腆的少年，但他个子高，对于大他一岁却低他一头且脚有点跛的小赵来说，无疑就是一尊保护神。其实事实就是那样。刚上学时，几个男同学经常欺负行动不便的小赵，但只要人高马大的小范往那里一站，就没人再敢造次了。小范曾私下告诉小赵说，其实他根本没有打架的本事，就是喜欢替弱小的同学出头,明明知道自己的弱势,也会挺身而出的。听了小范的一席话,小赵紧紧握住了他的手,眼眶红红的,鼻子醋溜溜地酸了起来……

二

初中毕业后,成绩好的小范考进了一所重点高中,成绩略差的小赵却因身体原因休了学。最后,在父母的帮助下,小赵去了一个遥远的城市,跟一个沾亲带故的中医师学医去了。虽然身处两地,但小范和小赵之间经常书信往来,小范在信里总是鼓励他,要好好学医,将来好歹有个能养活自己的饭碗。而小赵最关心的还是小范在学校的年级段排名,每次一听到他又往前挤了一名时,就高兴得偷偷紧握拳头,好像重新握了小范的手一样。

三

三年后,小范以优异的成绩考进了北京的中国公安大学,据说这是该市第二个考进该所大学的人,前一个校友和他隔了整整三十年。当小范将这一喜讯通过书信告诉小赵时,已经在大学里上了两礼拜课了。闻听喜讯的小赵硬是从每月二十元的生活费里抠了十元钱,上街买了一串三千响的鞭炮,一瘸一拐跑到一个旮旯窝里,朝着北京的方向点燃了鞭炮芯儿,噼里啪啦直炸得惊心动魄。小赵随后给小范去了一封信说,虽然我知道月末要饿肚子了,但觉得很值得。这么多年过去了,我始终忘不了你那双温暖的大手曾经握过我……

四

又四年后,二十四岁的小范毕业回到了家乡,被分到市公安局当了一名出入境管理科干警。而小赵三年前就回了家乡,开了一家规模小得可怜的诊所。可能是工作不同的缘故,两个人从此后就不怎么联系了。

小赵得知小范在市出入境管理科工作的消息还是听其他同学无意间说起的。那时,小赵的弟弟正好想去新加坡打工,可签证难签得很。小赵就想起了一个人,他就是小范。辗转打听后,小赵搞到了小范在城里的住址,就咬咬牙买了一篮竹节虾和油门蟹去了小范家。快有十年没见了,小范热情地留小赵吃了晚饭,并握着他的手一直叙到深夜。临出门时,小范半推半就地收下了礼物,并承诺一定会帮这个忙的。从小范家出来,小赵浑身暖暖的,他张开了双手,紧紧捂在了胸口……

等了一个多月,小赵打电话向小范探听消息,小范说现在这事卡得比较紧,只能再等等了。这一等就是一年,小赵的弟弟实在等不及了,只得转了念头。小赵也没再向小范问起此事。不过,每次一有空,小赵总爱盯着双手细细端详……

五

若干年后,小赵的诊所越开越旺,成了当地的一位名医。而年富力强的小范因工作突出被调到了市府保卫处当了处长。小赵再次遇见小范是在一次同学聚会上,他握着酒杯蹒跚着走到小范身边,讷讷地说,范处长,我敬你一杯。小范起身和他干了一杯。小赵伸手握住了他的手,小范轻轻地捏了一下,嘿嘿的笑声里,小赵仿佛看到了一丝陌生的痕迹……

六

去年夏天,拥有高学历长相也英俊的小范被张副市长相中,将他调到市政府当了自己的贴身秘书。小范和小赵又一次见面是在市残联的一次换届选举大会上，残联的主管领导刚好是张副市长。小赵作为基层推荐上来的会员，应邀参加了会议。休会时，小赵一瘸一拐走到小范的身边，他伸过手去，正在低头看着文件的小范赶紧起身，他伸手在小赵的胳膊上轻轻地拍了拍，赶紧给张副市长找烟去了。小赵伸着手，泥塑木雕似的怔在那里，好久，他才摇着头傻傻地笑了……

七

前几天，去建设大厦办事的小赵居然又碰见了小范。小范正和一家英语补习班的负责人讲着话，原来，小范的女儿英语特别差，他只好把女儿送到这家补习班"充电"来了。小赵不敢打断他们的谈话，就在一旁等着。等他们的话一谈完，小赵赶紧上前和小范打招呼，小范边应着边张望着对面的教室。站在高出一头的小范身边，小赵觉得仿佛又回到了过去，他伸过手去，想握一握小范的手，小范却蜻蜓点水般地碰了碰他的一根手指头说，我现在很忙，就先走了。小赵尴尬地怔在那里，这次，小赵觉得特别的尴尬，因为，旁边有好多的老师和家长正盯着他看呢……

从大楼出来后，小赵伸出双手，凑近鼻子嗅了嗅，在皱巴巴的衣服上使劲搓了起来……

天萝花絮

深秋，大别山麓深处。

那是啥？模样怪怪的。

男孩摸着几根棱角分明、粗糙而细长的瓜，转过头好奇地问女孩。

它叫丝瓜，咱这里都叫它天萝花絮。

天萝花絮？

男孩喃喃自语，他实在不明白，这丑丑的瓜为啥取了这么一个很诗意的名字。

男孩是一个中学生，在上海那座天堂般的城市里，他就像一只自由的鸟儿在网络游戏里尽情翱翔着。本来，男孩是一个品学兼优的好学生，自从迷恋上了网络游戏，他就开始逃学，父母使尽了浑身的解数都无济于事，老师们的苦口婆心也成了他心头藤缠的羁绊……

那天，妈妈看到某电视台正在搞一个针对孩子教育问题的专题节目，让大城市的问题少年和贫困山区的同龄孩子结对，到山区和贫困孩子共同生活一段时间，以期达到震撼其心灵的目的，听说效果不错。无计可施的妈妈当即背着他报了名。

几天后，一直被大人们蒙在鼓里，还以为到深山老林去旅游的男孩兴冲冲地跟着一个导游模样的男人，一同踏上了去大别山腹地的征程。

和他接对子的女孩名叫陆小蔓，正在大山深处的希望小学读五年级。她的弟弟出生时因患先天性心脏病，一直跟着父母在广东边打工边赚钱治疗，已经有五年没有回家了，没有电话更没有任何信笺，孤独的陆小蔓仿佛成了一个孤儿。

梦幻般神奇的山麓，密密匝匝，重重叠叠。贫瘠在这块自由的土地上，左冲右突，向四面八方扩张、挺进，步步为营着……

在这里，没有的士，没有网络，更没有超市。

白天，高朗的天空，明丽的蔚蓝中，一朵朵流动的彩云随风翩翩飘舞着。晚上，几颗赤裸裸的星星可怜巴巴地挨着冻，瑟瑟发抖地挂在天空，几乎可以听见它们的牙齿在捉对儿厮打的声音。

初到陆小蔓的家，男孩的心被眼前的情景彻底震撼了，整座房子空荡荡的，仿佛被洪水涤荡过一样，千疮百孔、摇摇欲坠。摆设也极其简陋，没有桌没有椅，只有一张仿佛用手轻轻一碰就可能倒塌的木床。床上的棉絮破旧得像一堆枯萎的花簇，依稀可以看见的是被面上那朵曾经艳丽的百合花。家里最值钱的就是静静躺在门后的那两个车辘辘了，一小包干瘪瘪的雕牌洗衣粉倚在旯旮窝里，努力地表白着现代的文明……

如果家里有点值钱的东西藏哪啊？还不被贼给偷了？

我有办法的。可惜咱家穷，没啥值钱的东西。

男孩再次抬头环视了一下整个房子，空荡荡的，哪有藏东西的地方。真是一头雾水。

枕着黑夜，男孩试图想用尽他曾经学过的所有词语来形容眼前的一切，却始终形容不上来。一股股清凉的山风从门轴和石头墙的缝隙里不断地向他袭来，用怯弱的嗓音声声郦歌。他颤抖着伸出手，想抓过早已枯萎的棉絮将自己紧紧包裹起来，却看见无边无垠的漆黑将自己彻底淹没了。他感到濒临窒息的生命像枯老的枝藤一样，在潮湿发霉的空气中无助而绝望地撕心裂肺着……

不知从啥时候起，男孩成了一个和陆小蔓一样坚守黑夜的孩子。其实很多时候他是那么的害怕黑夜，大山深处那特有的静寂让他深深地感受到恐慌和压抑，他只能用糟糕的听力聆听着心脏的脉动，以此来证明自己的存在。于是，他不止一次地睁大眼睛，盯着窗外那些散落的星光，惊恐失措地四处张望着。

刚开始时，男孩不断地埋怨父母的狠心。随着时间的推移，他开始慢慢懂得了他们那充满着期盼的良苦用心……

白天，男孩趴在墙头，看着细嫩而悠长的天萝花絮的藤蔓儿努力地向上攀爬着。它们的攀爬过程迟滞而缓慢。触须紧紧抱住了竹竿，没有犹豫，没有退缩，勇敢而执着。偶然，风雨拍打到了它们的躯体，惊慌失措中，藤蔓儿失去了依托，它们仰着头，伸出细软弹韧般的触丝，攀向了另一根竹竿，如同攀岩者，继续倔强地寻找着生命的另一种归途。

几天后的一个夜晚，陆小蔓在昏暗的堂屋熟练地生起了灶火，男孩倚坐在肮脏的门槛上，看着这个仿佛从童话故事里出来的灰姑娘，用漆黑的木勺子不断地搅拌着那团灰乎乎的液体。不一会儿，陆小蔓端着一碗稀薄的汤糊走到他的面前，"吃吧，小哥哥，欢迎你来我们大山。但我家实在太穷了，只能用番薯糊招待你，你可不要见怪啊。"男孩接过盛番薯糊的大海碗，他的心陡然酸楚起来，他甚至有些后悔，生长在那么优越的环境里还不好好读书，整日上网游戏，整日挑三拣四，闹得家里鸡飞狗跳……

男孩从衣兜里掏出两百元钱塞到她那干瘪而失去光泽的小手里。她颤颤地抖开钱，突然，蓬头散发满脸污垢的她疯了似的跪倒在男孩的面前,使劲"咚、咚、咚"地磕起头来。这两百元钱对于现代都市的孩子们来说其实算不了什么,可对这个被生活压得快要趴下的大山小女孩来说,那就是一笔天文数字了。男孩流着泪赶紧一把拉起了她。这钱是他来大山前偷偷藏着,原本打算逃跑时做路费用的。

男孩提醒陆小蔓赶紧找个地方把钱藏起来。她环视着空荡斑驳的房子,捏着钱傻傻地站着……

男孩突然想起了什么,赶紧跑出屋子,将门紧紧地关上。透过缝隙,只见小蔓踮着脚,拎下一串天萝花絮,然后用菜刀熟练地在一只肥硕的天萝花絮肚子上剖开一道口子,使劲将钱塞了进去……

唐 装

瞿霞是一名裁缝师,在繁华的芙蓉街口开着一家"浪漫一身"的裁缝店,十几年下来,因其做工老道、价格合理、设计新颖,小小的裁缝店生意总是那样的火爆。

和周刚相识也是在这家虽然狭小但五脏俱全的裁缝店里。瞿霞记得很清楚,十多年前的一天,周刚开着一辆雅马哈来到她店门口,然后西装革履,夹着小包风度翩翩地走了进来。

谁是老板?

瞿霞带了几个徒弟,都是一些和她年纪相仿的女孩,穿的又都是清一色的工作服,根本看不出谁是师傅谁是徒弟,难怪他会这么问。

我是！您是来做衣服的吧？

瞿霞倒了一杯水递给他。

是的！

他从皮包里翻出一本杂志。

喏，这件唐装不错，你就照它的样子给我做一件，听说你手艺不错，我可是慕名从三门镇大老远赶来的。

您放心！我做的唐装让您穿了永远不想再脱！

听了她的话，周刚有点不以为然。

三天后，周刚如约来店里试穿唐装。滑润的圆领口，平整的肩衩，舒适的暗裆袋……穿在身上相当的舒适，真的有一种穿上就不想再脱下的感觉。

打那以后，周刚给她介绍了不少生意，两个人也开始交往起来，后来发展到了谈婚论嫁的地步。那时候，周刚还只是一个在工地上揽些杂活的小包工头，虽然赚了一点钱，但揽活需要应酬，实际上也没剩多少钱，而瞿霞已是一位人气十足的时尚裁缝师了。

新婚之夜，周刚在心里暗暗发誓，今后飞黄腾达了，一定要好好待她。

婚后的生活过得简单而幸福。

每过十天，瞿霞总会亲手给他做一件款式不一、面料不同的唐装。在家里的那面大镜子前，她总爱拉着周刚在镜子前试穿，就像细细欣赏一件不同凡响的艺术品。此时此刻，周刚感觉自己就是世界上最幸福的那个男人，他在瞿霞的额头上深深地吻着，然后，拉着整齐的袖口，划拉着齐刷刷的盘钮，嘿嘿地傻笑起来……

前年冬天，周刚将母亲喂养着打算过年卖了凑点零花钱的五只大白鹅偷偷塞进麻袋，径直送到了经理的家里。经理看他做人很诚恳、识相，跟了他那么多年都没赚到啥钱，就将一个大工程承包给了他。几个月下来，周刚的钱包陡然鼓了起来，不仅供了车买了房，还交给瞿霞五十多万，说是给她的零花钱，以后不用再拼命拉生意了。他说话的时候底气十分足，俨然一副大老板的派头。

四十岁的瞿霞额头慢慢爬上了鱼尾纹，原本满头的秀发可以随时捉出几根银发丝了。更要命的是她那原本修长的身体开始胖了起来，穿啥漂亮的衣服都得走样。豪华的房车里如果坐上一个肥婆，那真是大煞风景。所以，每次出门瞿霞宁可打的或者骑车，基本上不坐他的车子。

不久，周刚被提升为部门经理。总经理也特别喜欢唐装，每次去拜访，周刚总会拎着几套由她定做的唐装作为礼物。他成了总经理的左膀右臂，吃的是山珍海味，出门有美女秘书相随，活得有滋有味。

在一次总经理夫人的生日派对上，他认识了一个名叫王芳的女人。王芳虽然刚刚离婚，但还是风韵犹存，两个人很快坠入了情网。于是，周刚回家的次数明显少了起来，刚开始的时候，他总是说，公司最近接了一宗大生意，忙得晕头转向，连晚上还得加班。她信了，总是叮嘱他要按时吃饭准时睡觉，更要注意自己的胃病。开始时，周刚多少还有点内疚，后来就渐渐麻木了，总觉得她的叮咛是烦人的唠叨。

王芳的家离公司不远。离婚后孩子归男方抚养，只有到了周末，孩子才到她那里来住上一天半宿。大多数时间，空旷的房子里只有她一个人看看电视养养小狗小猫打发时间。自从和周刚好上后，心里有了牵挂，她生活也充足起来。每次周刚回来，王芳总会做上一桌丰盛的饭菜等着他。

以前每天出门前，周刚的行头都由瞿霞打理，自从有了新欢后，他开始重新西装革履，而西装都是王芳去银泰百货买的，有时虽然不是很合身，但总是觉得心猿意马的舒坦。穿了十多年的唐装，对西装已经不习惯了，多少有点迷茫，但随着时间的推移，周刚开始慢慢习惯起来。本来他还想说，我喜欢的是唐装，但最终没有说出口。他将赚来的钱都交给王芳保管，一年下来，究竟有多少钱交给她连周刚自己都搞不清了。

前几天，总经理因贪污腐败被检察院带走了，一朝天子一朝臣，作为总经理左膀右臂的周刚也被董事会无情地涮了下来。他只得去跟王芳要钱，说要拿钱去开路子接工程。而王芳却说，没钱，你啥时候给过我钱了？白吃白喝不算，还白玩老娘，我还没跟你算老账呢！啥？我没有给过你钱？那我赚了那么多钱都到哪里去了？你这婆娘存心诬我是不？谁诬你了？你这叫花子赶紧去拿镜子照照自己，猪头三一个！你……你……他气急败坏地撂起桌上的杯子砸了过去，你这女人真是蝎子心肠，我当初怎么对你的？你现在却这么对我？砸死你这个恶毒女人。吓得容颜失色的王芳赶紧拨打了报警电话……

周刚是在警察到来之前摔门走的，走的时候没带走任何东西，其实，他啥也不想带，带了闹心。

瞿霞带着女儿来看周刚，他正住在一间简陋的工棚里，蓬头垢面，埋头啃着干涩的盒饭。她说，你还是回家住吧！我和女儿现在住在店里了。一个人哪能不跌跤？跌倒了可以重新爬起来！他沉默着，本想说声谢谢，但最终没有说出口。

回到了久违的家，周刚浑身燥热，他脱下了皱巴巴的西装，随手打开衣柜,只见一件件颜色簇新的唐装静静地"躺"在柜子里。周刚顺手拿起一件套在身上,突然,他感觉眼角就像爬进了许多小虫,痒痒的,颤抖的手使劲扣着盘纽,却咋也扣不上……

汰 脚

深夜,觥筹交错的热闹劲儿渐渐散去。

最后一拨"吵房"的亲戚朋友也陆续走了,只留下驼了背的爹和满头银发的娘还在清理那撒了一地的彩纸和糖衣。

蓝蓝抢过娘手里的苕子,一把将她按在沙发上。

"妈,我来扫垃圾,您都劳累一整天了,早点和爸去歇息吧。"

"没事,扫完我们再去睡!"

"等会您和爸就睡客房吧!"

"睡客房?那咋行啊?今天是你和文豪的新婚之夜,客房摆满了缎子被面,搬上搬下不方便,我们还是回家睡吧!又不是很远。"

娘一把抢过了苕子。

"今天你可不许动苕子,这可是老祖宗传下的规矩!新娘子新婚之夜动苕子不吉利。"

蓝蓝抿嘴笑了,"妈,这都啥年代了?还翻那些老皇历出来。现在已经很晚了,明天再整吧?"

"被子暂时可以放到地铺上,明天再重新放上去。这不是很方便么?今晚就不要回去了?"

"算了，等会我和你爸还是一起回老屋睡好了，一步路，拐个弯就到了。"

我端着一盆热气腾腾的水来到客堂间大声喊："爸，妈，汰脚啦！"

"叫嚷啥哩？"

娘在一旁使劲朝我甩眼色，蓝蓝握着苕子怔怔地站在一旁，而爹则尴尬地将脚丫子伸回了鞋窝。

"这有啥哩？蓝蓝现在是你们两老的媳妇了，看我给你们汰脚有啥好难为情的？你们倒是快点啊！"我在一旁一个劲地催促。

给大人汰脚是我们老苗家的老传统，不光是我，父亲母亲就给爷爷奶奶汰了一辈子的脚。每次回家，汰脚也成了我雷打不动的必修课……

"从今天开始，这老传统就作废了，以后我们自己会汰脚，你只要把自己的媳妇照顾好就成！"娘替爹穿好鞋，回头看了看还怔在那儿的蓝蓝尴尬地"嘿嘿"笑着……

天更昏暗了，微微起了风，刮到脸上凉丝丝的。

娘挽着爹沿着台阶蹒跚而下。看着那对苍老的背影在视线里渐渐地消失，我的鼻子突然涩涩地酸了起来。

"我们送你们到路口吧！"蓝蓝如梦初醒，一把拉起我的手跟了下去，发髻上的那枝凤钗在昏暗路灯的折射下剧烈地摇曳着……

"花烛还在烧着，新婚之夜家里不能没人！你们赶紧回去吧！我们自己摸得着路。记得早上一起到祖堂祭拜老祖宗。"娘不厌其烦地叮嘱着。

"知道啦！"

爹帮着不断咳嗽的娘轻轻地捶着背，"老太婆，儿子结婚了，我们这把老骨头总算完成了任务。""任务完成？"慢慢缓过劲来的娘紧紧拽住爹的手，"你这死老头，任务才刚刚开始哩，等媳妇生了孙子，我们老骨头还得帮着带呢！不过可惜的是，儿子娶了媳妇，以后就不会再给我们汰脚了！苗家老传统是该失传啰！"爹紧紧扶着她说，"老太婆，以后儿子不给你汰脚，不是还有我给你汰吗？""你是你，儿子是儿子，不一样的！"娘长长叹了一口气。

"老婆，你生火还是舀水？"看着身边楚楚动人的新娘，我俏皮地问。

"我生火，你舀水！"

我双手抱拳，"遵命！老婆大人。"

蓝蓝"咯咯"地笑了。

虽然住在城市的边缘，但娘用的还是用泥巴筑成的古董式土灶。而蓝蓝生灶火的样子更让我大跌眼镜。以前我们经常用稻草做引火柴，她呢，开创了自家的独门秘籍，竟然从大红的新嫁衣里掏出一包餐巾纸"哗"地点燃了火，闪电般地塞进了黑咕隆咚的灶洞里。马上，灶洞的火被她胡乱塞进的木柴给压灭了，她操起火钳使劲捅，火没救旺，粉红的脸蛋反倒抹了一道道墨污，我忍不住捧腹大笑："老婆，你是一个娇小姐，做这般粗活还真委屈你了，快去洗把脸，接下来的活让你老公来搞定！"我捋了捋袖子，轻车熟路地将灶洞间的火扇得旺旺的……

刚进家门的爹娘被眼前的一切惊呆了："你们从小路绕过来的？我们还以为家里进贼了呢。"

我连忙从锅里舀起一瓢开水递给爹："爸，您先喝点热水暖暖身子。"

娘撩起袖子帮蓝蓝擦着脸上那浅浅的墨汁，心疼地说："你们俩不在家休息跑到老屋来折腾啥啊？"

蓝蓝将爹和娘拉到床前坐下，半跪着脱下他们的鞋，"爸爸妈妈，阿文为你们俩汰了大半辈子的脚，虽然现在我们结婚了，但永远不会离你们远去的。从现在开始就让我接班，继续给你们汰脚！"爹和娘面面相觑，死活不肯让蓝蓝将他们干瘪皱皮的脚按进水盆里。"现在我们都是一家人，媳妇伺候你们是应该的！"

蓝蓝抓住他们的脚执拗地按入盆里，柔柔的温水浸没了他们那厚实皲皱的脚帮子……

手　机

大学毕业那天，他和她相约来到学校门口的那家手机店，买了两只一模一样的手机，选的号码也相差一个数字，最后一个数字他是1，而她是2。正在热恋的他们从此就没有了自己真实的名字，1和2成了他们最完美的昵称和代码。那天，她从城市的另一头发过来一条短信：1，我喜欢你。这是他们第一次用短信联系，几年过去了，他都舍不得删掉这条短信。

毕业后，他进入了一家贸易公司当了一名营销员，而她则在城市另一端的一家水产公司做了一名实习会计。为了生计分立在城市的两端，两个人总是聚少离多，手机成了他们谈情说爱最重要的联系方式。有一天晚上，已经到了互相定好的"约会"时间，可他发了许多条短信都没有回音，打过去，手机也无人接听。他彻底急了，慌乱中只穿了一套布满了斑点的睡衣，转了三次公共汽车连夜赶到她的住处，原来，她正踏着一台简易的裁衣车，正在为他裁制一件小马甲，咕噜咚咕噜咚的转轴声掩盖了爱情的呼唤。他如释重负倚着门框瘫了下去，她双手扯着马甲，吃惊地看着美洲豹似的他，早已是泪流满面。

结婚后，他和她仍然会互打电话和发短信，虽然简约明了了许多，但不变的是互相的称呼，"1，今晚啥时回家？""2，回家！正在等车。""1，已经快十点了，何时到家？""2，十分钟，也许十五分钟。"

自从他升任部门经理后，应酬逐渐多了起来，手机上的各种短信也多了许多，有业务上的，有她的，更多的还是那些红颜知己的。每次回家前，他的第一个任务就是删除短信，她的短信往往被列入了最先删除的行列。

十二年的光阴转眼就过去了，曾几何时，那种刻骨铭心的相思已被岁月抹平了，那些动人的情话也已被家常话或沉默所替代，还有，那浪漫的意境早被烦琐事驱赶得无踪无影。心，很久没有那种怦然一动的感觉了，好像已麻木得不再敏感，不再温柔，不再湿润。生活的压力使他们把发泄的对象变成了自己深爱的人，朝夕相处又使两个人彼此忽略了对方的感受。至少，他这样以为。

一个叫芬的女人就在这时恰如其分地走进了他的生活。

芬是他的顶头上司，刚刚离婚的她是一个风韵犹存的少妇，年纪虽然比他大一岁，却有着那种"回眸一笑百媚生，六宫粉黛无颜"的诱人魅力。她刚调入公司，他就开始利用一个成熟男人特有的魅力向她发起了凌厉的攻势，并有所收获。那天晚上，他把芬带到公司开的一间长包房，芬很配合，几乎没费吹灰之力，他就如愿以偿了。他亲昵地搂着芬，轻轻刮着她的鼻子郑重地说,以后我就叫你3了,芬问他为啥要叫她3,他笑了笑,却始终没有说。

深夜,他心满意足地开着车子离开了酒店。这时,他突然很想试一下,芬是不是真的很爱他,于是,他将车停在路旁,掏出手机给芬发了一条短信:3,我的车子和别人车子相撞了,霞飞路口,快过来啊!

许久没有消息,他按动按钮又发了一条过去,依然没有动静。于是,他愠怒地发动车子准备离开,就在这时,马路对面传来一声尖利骇人的刹车声,一个衣衫不整的女人从的士里慌慌忙忙地跳下来,径直朝他的车子跑来。所有的指针仿佛都恰恰停顿在了此时。一辆正高速行驶的载重车呼啸而至,像一片飞扬的落叶,她高高地飘了起来,手机落地,哗啦散了一地。他盯着手里的手机惊呆了,原来,第二条短信错发给了她,第一条则没有错。手机飞速从他手上滑落,哗啦散了一地。也许,他永远都没有机会知道,手机摔落的一刹那,曾经"咕咚"窜进来一条短信:"1,伤得厉害吗? 一定要挺住! 2来救你了! "

人 生

一

我下了岗。

晚上,我搂着芳,将一只薄薄的信封塞到她的怀里。

老婆,公司倒闭了,我也失业了。

你那破公司早该倒闭了，现在不倒闭，下个金融风暴来了也得倒！

芳用嘴朝信封吹了口气，往里瞄了一眼。

怎么那么少？像打发叫花子一样。

她将信封塞进枕头底下，抬起头傻愣愣地看着我。

老公，咱还年轻，下岗了一切可以从头再来，再不我养你！

我知道芳有能力养我，她现在是银行的业务主管，年薪十万。

我看了看身旁酣睡的女儿，顺手撸了撸芳额前的刘海。

一切从头再来！

二

到过很多用人单位，发出去 100 份个人简历，都是"泥牛入海"。我的第 101 份履历表投的是一家广告公司，半个月后终于有了回音。

王先生，本来我们公司最需要像你这样的专业人才，但考虑到您的学历太低，抱歉！请另谋高就！

这世道！我多少也算是科班出身，学历还太低？啥破公司！

每天，我骑着电瓶车去卖菜，顺路将女儿带到学校。回到家，我将一大摞换洗衣服洗得干干净净。这段时间，我把原本芳干的活统统包了。有时芳下班，累得还没进门就将两只高跟鞋掼得东一只西一只，我赶紧扔下冒烟的砂锅笑呵呵地把东倒西歪的高跟鞋整齐地垒到鞋架上。

老公，快帮我来捶捶背！这儿这儿！

来了！来了！

老公，开水太烫，快点给我换一杯。

来了！来了！

芳娇气地大声嚷着。

我喏喏地应着，那段日子，活得真像个太监。

三

桂花城门口的那家夜排档，五个人扎啤喝了十多打，直喝得舌头打卷，嗓子冒烟，臣刚这才开始松口。

你们，你……们几个都是我物资学校的老同学，哪……哪有不帮忙的道理。

我和同样也是下岗两年的同学阿强高兴得差点没啃掉他的鼻子。

臣刚是国内一家著名服装品牌公司的省际代理商。那天，几个老同学凑巧碰到一块，就一起来到排档"觥筹交错"，东南西北海阔天空说了一大通，我们终于拼着命从他的手里拿到了市级品牌专卖店的总代理权。

四

我和阿强在岛城最繁华的步行街总府路转悠了一个星期，终于签下了一家店铺，由于是二手转来的，多花了一笔不菲的佣金。

几天后，我们的服装专卖店终于开张了。芳拿着行长亲手审批的 15 万元支票跑到店里交给我，连喜都顾不上道就匆匆上班去了。

由于做的是名牌服饰，加上前期工作做得到位，那些原本要到外市购买我们品牌的客人都纷纷跑来抢购。

每天，我踌躇满志地指挥着底下十多个导购小姐们马不停蹄地忙碌着,就像指挥着一支所向披靡的美女军团……

五

听说你和店里的那个小姑娘搞上了?

芳说话的语气很平静,这倒让我意外得汗流浃背。

啥人乱嚼的舌头? 我咋会干那事?

我狡辩着,但语气已经像踩着棉花那样的虚。

你不要再狡辩了! 我已经和那个小姑娘谈了,人家都已经为你流了两次产,她有勇气承担,而你呢?

芳说话开始急促起来,我赶紧捂住了她的嘴。

你就不怕小星听见? 她还在里屋做作业呢。

你怕伤女儿的心? 那我呢? 亏我这些年这样地待你好,你还去偷人家姑娘,还偷偷带着去流产,你简直禽兽不如! 我们离婚!

离就离! 谁怕谁!

我一副死猪不怕开水烫的架势。

六

那天晚上,年味还没完全散尽。凝重的月色在嫩黄色的窗幔上爬满了丝丝清冷的寒意。开着的氧吧灯发出"卟卟"的水声,在寂静的午夜听得格外清晰。全家人静静地围坐在沙发上,小星是我们家的白雪公主,不仅成绩好人也特别懂事,每当我和芳吵架摔锅碗瓢盆的时候,她总会一个人跑 5 里远的路,搀扶着年迈的姥姥来劝架。

你们这两个冤家啊,怎么连个小孩都不如?

老人家的口头禅那时听来好像一杯寡淡的开水,现在想起却是这般的刺耳。

小星,爸爸妈妈要离婚了,你希望跟谁?

芳问女儿。

小星蒙着头一个劲地哭。

我不想变成一个被老师和同学们看不起的单亲孩子,我们班里的阳阳就是那样,爸爸妈妈离婚后,从此就没人管他,阳阳成了一个没人要的野孩子,衣服脏了没人洗,肚子饿了饭没人做,同学欺负他,都骂他是一个没爹没妈的野孩子。我不想成为第二个阳阳!

芳看着小星哭成了泪人,也跟着号啕大哭起来。我那已经变成石头一样硬实的心也开始软了下来,孩子叫我爸爸,我是亲眼看着她从她妈妈肚子里钻出来,手上还曾经沾满了小家伙的鲜血和羊水。我答应她们,不再提离婚的事。

七

自从答应芳在孩子面前不再谈离婚的事后,我也搬回了家。无数次的煎熬,让我和芳都深感疲惫,但我和芳私下约定,为了女儿,我们学会了演戏,白天大家可以互交朋友,晚上必须回家陪女儿。

那天晚上,我将那本蓝色的离婚证塞到她的枕头底下,第二天芳出门上班,我整理床被时,发现枕边湿湿的,潮潮的,就像杯子里不小心洒出的水……

八

小星的弟弟已经有两岁了,小家伙像他姐姐那样的乖巧,但小星从来不知道自己还有这么一个可爱的小弟弟……

中秋那天,有个身材魁梧的男人被芳带到家里,小星问那人是谁？芳结结巴巴答不上来，可怜巴巴地看着我。我赶紧说那是爸爸最要好的同事，嘴上这么说，其实我心里醋溜溜酸得很。

那天晚上，芳告诉我说，那个男人说好等她三年，等小星考上大学，有了自己的主见，我们就正式和她说离婚的事吧。我始终没有说话，而是将头沉得很低很低……

九

高三最后一个学期，学校开家长会，规定一定要两个家长都一起出席。这是啥规定？万一家长离婚了呢？万一……小星一手牵着我，一手牵着芳，老师和同学们都非常羡慕我们这"幸福"的三口之家。我脑瓜子一热，再加上女儿在一旁推搡，赶紧拿出预先准备的整套高档的文具用品送给每一位同学，女儿将整个家长会推向了高潮。看着同学们感激的目光和家长们咋舌的神态，小星激动地将我和芳紧紧地抱住了……

十

小星明天就要去上海复旦大学报到了，她拉着我和芳的手，动情地说：爸爸，妈妈，今天晚上我想请你们吃顿饭。

吃饭？你请我们？

我和芳狐疑地看着已经成为大姑娘的女儿。

嗯，是的！怎么，看不起自己的女儿？

哪能呢？我们家的小星成了大学生。你请客，我们一定去。

在酒店的包厢里，小星摸着我已经白鬓的苍发，看着芳憔悴的脸庞，突然，她跪倒在我们的面前。

爸爸妈妈，女儿太自私了，为了自己却把你们硬拉在了一起！

我和你爸爸已经和好了呀！我们不离婚了！

芳开始变得手脚忙乱起来。

不要骗我了，其实我已经八年前就知道你们离婚了，为了我，你们假装啥事都没发生。

她强忍着，始终不让眼泪流下来。她将两本蓝色的本子交到我们手里，端起杯子在我们的酒杯上各自敲了一下。

爸爸妈妈，祝你们各自找到了幸福，也祝你们永远安康！

我和芳看着十年来已经逐渐长大的小星星，双眸不知不觉地模糊起来。我知道，从今天开始，我们这个看似美满的家庭，经历了十年的风风雨雨，终于彻彻底底地走到了尽头……

切　割

这次的金融风暴对全市的海运业冲击是非常直接和巨大的，刘江的大昌海运公司也不例外。

大昌海运公司说大不大，说小也不小，共有 2 千吨级运输船 6 艘，走的主要是青岛、海南等国内航线。当初的购船款很大一部分都是向银行借贷的，眼下收益不好，银行还贷又催得紧，刘江想把船都卖了，可仔细想想又不舍得。他和朋友们私下算了笔账，照眼下这行情，整条船出售还不如切割后当钢材卖值钱。所以，等他出了事也没敢出手。

前几天，刘江因犯窝藏罪被法院判了 5 年有期徒刑。服刑期间，他最关心的还是自己的公司和那 6 艘运输船，现在自己银铛入狱了,银行的贷款可咋办呢?按时下行情,如果出售整船,就得损失一笔很大的资金。如果切割着卖,那叫体弱多病的妻子独自一人咋操办?何况,切割这么多船的前期资金上哪找去?

那天,妻子小梅和小舅子阿彪来探监。小梅告诉他说,最近银行的人老是上门来讨债,可家里已经债台高筑,拿啥还银行?刘江懊恼得捧住了头,他恨自己当时实在太冲动,为了义气,出资帮一个打架将人戳死的朋友潜逃,最后才招来了这场飞来横祸。在他犯事前,已经决定请工人将所有的运输船统统切割着卖掉,仔细预算了一下,那样干不仅可以还清银行的债务,还有不少剩余,以后可以利用这些剩余的资金先开个店什么的,等局面有所好转后再图雄起。

小梅说,她已经托人在找卖主了,多找了几家,希望能卖个好价钱。

阿彪也表示会好好配合姐姐,找几个好卖主,尽量少亏点。

可刘江心里最清楚,如果按照他们说的那样办,最起码得亏掉300多万。

现在不要急于出售,再等等。

刘江一听急了,将低沉的声音猛然提高了许多。

还等等?你这冤家,你倒好,为了义气,竟然跑到这里吃牢饭来了。你想过我们娘俩了吗?那些要债的人竟然深更半夜在家门口伺候着,吓得我们娘俩半死。

唉!我这人咋就这么糊涂呢?一念之差,最后竟然蹲起了班房,真是对不起你们娘俩啊!

他俩回去的时候,刘江着重强调,卖船之事再缓一缓,想出个万全之策再卖也不迟。

两天后,放心不下的刘江赶紧写了一封信回家。

小梅,这阵子真是辛苦你了! 我会配合政府好好改造,争取早点出去和你们团聚。银行的债务我会请律师安排妥当的。至于卖船一事,叫阿彪不要急着操作,因为这里面有一个天大的秘密,为了预防万一,我把一些重要的东西都焊进了船体的夹层里了,每艘船都有,这些东西实在太重要了,你千万不能让外人知道,如果知道了,后果就相当严重! 这也正是我不让你卖船的真正原因。

刘江写好信后,交给了监狱的陈管教,托他将信邮寄了出去。

春节前夕,妻子小梅和小舅子阿彪又来探监。还未等坐稳屁股,小梅就迫不及待地问。

老公,你在船体夹缝里到底塞了啥见不得人的东西?

他朝旁边正严肃危立的狱警偷偷瞟了一下,轻声地问。

咋啦?

还咋啦? 几天前,一大队警察突然将码头团团包围,将咱家的运输船都拉到船坞里,还带来了几十个电焊工将所有船体都给切割开了。最后却啥都没找到。

刘江朝他俩使了个眼色,平静得几乎让人难以置信。他笑了笑说,从明天开始,你们可以找卖主了。

那天放风,张管教叫住了他。

钢板已经全部卖出去了吧?

已经全部卖了,稍微赚了点。

我知道这是你的一块心病,心病祛除了,你可得安心改造,争取早日出去重新做人。这是政府送给你的新年礼物!

新年礼物?

不要以为你使的那些小伎俩能瞒天过海? 政府考虑到你公

司和家属的实际困难，请了船厂的焊工师傅帮你把旧船都给切割了。

刘江顿时怔住了，恍惚间，他正执着一把"哧哧"冒着蓝焰的电焊枪，将整个身子慢慢地切割开来……

那一片海

佳怡和晨阳是同学，从高中到大学，一直都在同一个班上。

高中时，佳怡就特别喜欢看海，去看她心中的那片海，上了大学，更是对大海痴迷无比。

那时，学校后面的那块处女地尚未开发，还保留着一大片沙滩和红树林。沙滩边，学校那蜿蜒不绝的围墙就贯穿其中。每每黄昏，佳怡总爱一个人闲庭信步，穿梭于浪花间，感受着花季雨季那青涩的滋味。

在暮色四合、朦胧诱人的海天间，雪白的围墙矗立在金色的沙滩上，蜿蜒而去，如缠绵不绝的思绪，朦胧中绵延着它那童话般的壮观和美丽。佳怡就这么一个人，偶尔倚靠在围墙边、偶尔行走在沙滩上，或看书或听着音乐，来来往往……

不知从啥时起，沙滩上的足印不再是那么的孤单，一个斜长的身影开始伴随她的左右。

晨阳是一个性格内向、喜欢沉默的男孩，有时一个小时都说不上几句话来，这也正是佳怡所喜欢的。她喜欢淡淡的感觉，淡淡的海、淡淡的风、淡淡的云，淡淡的，就像一杯清纯的海水。有时，两个人在一起干脆啥都不说，互相携着手，静静地坐在沙滩边，看着喧嚣奔腾的巨轮，看着慢慢下坠的斜阳，默默无语着……

日子在悄悄地流逝，那片海给他们留下了多少的遐思。从那时开始，两个人互相鼓励，对同学们的挑逗总是坦然着一笑而过。

当晨阳将一束散着淡淡芳香的玫瑰送到佳怡的手中时，三年的大学生涯就要过去了。临近毕业，两个人都开始忙于实习、联系工作，直到最后各奔东西，谁都再没到那曾经留下多少温存欢爱的海边上去走走，散着淡淡芳香的玫瑰花早已化作了过眼云烟。

毕业后，大家都各奔东西。佳怡失去了晨阳的所有消息。淡淡的天空中，只有孤独的白云在那片海轻轻飘着。

毕业后，佳怡到一所中学当了一名老师。每天，她总是精神抖擞地上班，凭着在大学时的那股冲劲，她铆紧人生的发条，干劲十足。

刚开始时，她偶尔还会想起那片海，那道围墙。每次上班路过，远远望见海边的那道围墙，脑海总会浮现出他那淡然的模样，想起那些温馨的瞬间和那束淡淡的玫瑰芬芳的味道。可日子一长，围墙的记忆和海的美丽慢慢地开始变得模糊，到最后竟然是熟视无睹，在它身边经过，只剩下机械的上班和下班的匆忙简单了。

两年后，佳怡有了一个心仪的男友，一切都按着预定的规律生活，简单而平凡着。只是几件频繁出现的事让佳怡感到困惑，每逢节假日或学校开学，她总会收到快递公司送来的一束玫瑰和一张印着海的卡片，卡片上除了她的地址和名字，没再写其他文字。邮戳上的地址也在岛国、宁波、上海等地不断变换着。但不变的是，每一封邮件的左上方敲着一只三角形的邮戳，朋友说那是军邮，可她没有部队上的朋友啊。

起初，佳怡很想知道这到底是谁寄的，但问了许多人都没结果。她想，或许是那些喜欢她的学生参军后送的吧？匿名只不过是不好意思让她知道而已。时间一久，她也不想再去揭开那道谜底了，只是习惯了那道永远的海的风景线。每次收到东西，佳怡心里总会产生一种莫名的骚动，于是，每次的假日成了她最期盼的日子，此时此刻，她感觉自己仿佛成了一个白雪公主。

一个红枫飘飞的季节，佳怡和男友携手踏上了红地毯。从那年开始，她就再也没有收到过卡片和玫瑰花，那片海的风景从此销声匿迹了。佳怡起初还在默默地期盼和等待着，随着锅碗瓢盆的节奏不断加快，也就渐渐地淡忘了。

那天，佳怡去上海出差，在汽车站意外地碰到了当年的老班长明江。大学时就数他最爱拿她和晨阳开玩笑了。同学之间见面虽然没有泪眼涟涟，可也真够亲切，两个人就在候车大厅聊了起来。

佳怡，这些年你没和同学们联系，在哪里工作啊？

我就在岛国一所中学教书呢。

最近，我正想发动"人肉搜索"搜你呢。

搜我？搜我一个穷教书匠干吗？

佳怡，我们原先都以为你会跟晨阳在一起。

唉，现在我都结婚了。

一直以来，他感到自己很自卑，觉得和你的距离实在拉得太大。他当兵后，到过许多地方，心里记挂的还是你！

啥？晨阳？他当兵了？

佳怡猛然一颤，像记起了什么。

老班长从包里掏出一封信交给她。

这是他写给你的信。

写给我的？

佳怡满怀狐疑地拆开了信。

小怡：

你在家乡还好吗？

你还记得咱们心中的那片海么？

说实话，我很喜欢你，从高一碰见你的那天起，就默默地喜欢上了你！但我是个胆小鬼，总喜欢把爱放在角落里藏藏掖掖，不敢大声地喊出来。

原本以为，大学时，当我们一起牵手漫步在那片海，我可以向你尽情地表白出来，但我最终还是没有喊出来。我怕一喊就会将你这只雁鸿惊跑了。毕业后，曾经的海枯石烂一转眼就上了云天，曾经的那一片海开始孤独地沉寂起来。

为了能淡忘你，我参加了海军，每次值勤，站在甲板上，看着那片海，多少的往事涌上心头，思念真的就像那一片海，一点点把我给吞没了，怡，我想你了！

你看那花儿都谢了，你看那海儿都哭了，可我还在更加永远永远等着你，等你能读懂我给你的那一片海……

还未等看完全部，佳怡的腿渐渐地软了，脑子里一片空白……

他的电话是多少？我想和他说说话。

他已经不在了！

不在了？什么意思？

他牺牲了！三个月前，他所在的舰队在东海执行任务时，为救一名不慎落水的渔民，他跳入了海中，那位渔民被救了上来，可却没见他浮上来。三天后，人们在浮码头底下发现了他。战友们在整理他的遗物时,发现了这封信,因为联系不上你,部队首长就千方百计地找到了我,要我一定要找到你,而且要亲手交到你的手里。

佳怡鼻子酸涩起来,两眼迷茫一片,捧着信禁不住号啕大哭。

从此,佳怡宛若变了一个人似的。往昔的多愁善感和庸庸碌碌在渐渐地离她远去,她珍惜着每一天中的每一分每一秒,热情地对待着每一个人。在生活中她悉心地照顾着丈夫和孩子,让他们享受着她那无穷的爱意。

也正是从那时开始,每天清晨,路过沙滩的行人总会看见,一个年轻的女人静静地站在那片海面前,一待就是半个小时,就是花儿都谢了,海儿都哭了,也从未间断过。

命中注定

国强喜欢彩凤,彩凤也很欣赏国强,两个人彼此交往两年多,感情与日俱增,互相都觉得找到了生命中最重要的一半。但彩凤始终不敢带国强回家见父母,原因就是国强虽然自己开了家小诊所,生意勉强过得去,长得也是五官端正,器宇轩昂,但国强是个瘸子。他虽然不用拐棍支着,但一瘸一拐、摇摇晃晃走路的样子不甚雅观,毕竟这是婚姻,而不是游戏,所以彩凤母亲放出狠话说,如果国强胆敢上门来提亲,前脚跨进敲前脚,后脚迈进砸后脚,吓得彩凤都不敢和他好了。但国强实在太喜欢彩凤了。这倒也是,彩凤是个很不错的女孩,清澈明亮的瞳孔,弯弯的柳眉，长长的睫毛微微地颤动着，白皙无瑕的皮肤透出淡淡红粉,薄薄的双唇如玫瑰花瓣娇嫩欲滴……搁谁都喜欢。

当然,国强看中的并不单单是彩凤的容貌,他看中的是她的人品。其他姑且不说,就说她敢与一个瘸子谈恋爱本身就是一种莫大的勇气。在国强眼里,这是撇不开的真道理,其实也是,在这个现实社会,哪个女孩愿意嫁给一个瘸子？如果哪个女孩跟一个瘸子谈对象,恐怕连唾沫星子就可以把你给淹死啰!

"就是这个女孩,好手好脚的嫁给一个瘸子？贪图啥啊？"

"哎,一朵鲜花插牛粪上了!"

"罪过,罪过! 何苦呢？"

……

总之,彩凤和国强谈对象的消息刚公开,闲言碎语就开始漫天飞!

这也难怪,在当今这个社会上,瘸子就像是一头洪水猛兽,而国强对自己是个瘸子已经见怪不怪了，出生八个月得了小儿麻痹后遗症,从小压根就没走过好路,也就不记得一个瘸子心海里的好路究竟是啥滋味了。所以,他敢和彩凤交朋友。

第一次见到彩凤是在学校的那次毕业典礼上,只见她乌黑的头发,梳成两条不长的辫子,垂挂在耳旁,上面还结着两个大红色的蝴蝶结，好像两只漂亮的蝴蝶在花丛中飞舞……而国强呢？就甭说了,就连他爹也有句话常挂嘴边,如果生了十个女儿都不会嫁给他! 粗一听,是爹太狠心,细一想,爹说的是真道理。

可话又说回来,其实彩凤的娘嘴巴硬管硬,人可没闲着,因为她心里也是虚着呢,你说女儿大了能随娘么？是该想出个啥法子来了。

那天下午,彩凤骑车带着她娘来到邻村的小瞎子家。

小瞎子是一个女算命先生,从小因为眼瞎,父母就让她给一个云游到此的高僧做了女徒弟,一学就是三年,聪慧的她将高僧所有的本事都学了个透剔,到后来,算命、排辈事、叫魂灵……样样精通,一些事主都说小瞎子长本事了,都已经赶超她的高僧师傅了,特别是问婚姻、选吉日在当地十里方圆名气甚大。彩凤的娘最佩服的人就是小瞎子了,家里但凡遇到啥事,都会跑到小瞎子那里讨解策,一解一个灵。所以,在彩凤娘的心里,小瞎子就是她头顶上的神明。

那天,心里慌得要命的彩凤娘又到小瞎子家讨解策。听了彩凤娘说的来龙去脉后,小瞎子要她先抽个签,彩凤娘精心抽了一支递给小瞎子,小瞎子用手上下一摸说:"这是一支下签,签文上说,天涯海角有穷时,只有相思无尽处。"

"啥意思呢?"

"天涯海角,指的是天地的尽头,所以说'有时尽',然而别离之后的相思之情,却是无穷无尽的,正所谓'只有相思无尽处',这里通过比较来体现出因'多情'而受到的精神折磨,感情真切而含蓄。"

"啥意思呢?我们不懂,请大师明示!"

"啥意思呢?真正的意思就是你不应该干涉女儿的婚姻。如果干涉太多,今后女儿的婚姻反而会曲折多难,反过来说,如果能让这段好事成了,小女命运必将大富大贵。"

坐在一旁的彩凤一听,心里暗自窃喜,真想马上将此天大喜事告诉国强。她强压自己心头的喜悦,假装若无其事地继续在一旁聆听。

彩凤的娘心焦得坐立不安起来。

"大师,还有啥解法吗?"

小瞎子扳着指头,偶尔低头掐算,偶尔仰头沉思,突然,她将头转向彩凤娘,语气十分肯定地说:"这是一道下签,唯一的解法就是此乃天赐婚姻,乃吾等所不可违背也,这是命中注定,既然是命中注定,那就得认命!"

彩凤娘小时候读过两年私塾,之乎者也亦知晓个大概。听完此话,彩凤娘长长叹了口气,瘫坐在床沿久久不愿起身。彩凤将50元钱塞进小瞎子的手里,然后扶起娘径直朝门外走去。小瞎子还在身后一个劲地喊:"大妹子,彩凤命好,一切随缘吧!"

结婚那天晚上,彩凤扶着已经喝了一大瓶五粮液的国强踉踉跄跄倒在软绵绵的新床上。

"哎,醒醒,等过一阵子我们俩还得上门去感谢瞎子阿姨呢!"

"哪个阿姨?"

"算命的小瞎子呀!"

"不用了!"

"你酒喝得实在太多了,连恩人都忘了!"

"恩人?嗨,是恩人!"

"没有小瞎子,哪有我们的今天?"

"她命算得是挺灵的!"

"改天我们俩再上门去给她送点厚礼!那天我只给了她50元,现在想来实在不够!"

"啥?你还给她钱了?下次不用再给她了,50元已经足够了!"

"瞎咋呼啥呢?如果没有瞎子阿姨帮我们算了这么好的命,我娘哪能这么快就同意我们结婚了?"

国强没再说啥,趁着酒性沉沉地睡去了。睡梦中,只见小瞎子穿着一件黑长褂,像一股清风一样飘到他的床沿边,柔声细语地说:"这下你满意了吧? 那天我完全是按照你的意思跟你丈母娘说的! 她还真信了! 你算是找对人了,其实你丈母娘不信也得信,谁让她这么多年来就只信我一人呢? 你给我的那5000元可没白花吧?"

也不知道为啥? 沉沉的睡梦中,国强紧闭的眼角竟然掉出个泪珠儿来了!

老同学

那天,亿万富翁的老同学张大海给我打来了一个电话说:"忠表,我向你打听一事。"

"您说,你是老同学,还跟我这么客气?"

"你知不知道我们有个初中老同学叫朱勇?"

"朱勇? 初中老同学? 几几届的? 我咋没印象了?"

"就是坐在你前排的朱勇。"

"坐在我前排? 对! 对! 我记起来了! 朱勇,就是高个子朱勇!"我恍然大悟。

"高个子? 在我印象里朱勇好像是个矮个子!"

"难道是我记错了?"

"你肯定是记错了!"

"那我一定是记错了! 您找他有啥事?"

"很要紧! 我有事要找他帮忙!"

"老同学帮忙是应该的!"

"我昨天在报纸上看到朱勇了,他现在好像是市质监局的副局长,主管船舶建造的质量监督。你一定要马上联系到他!"

"老大您放心!我马上帮您找到他!"

朱勇,市质监局的副局长?主管船舶建造质量监督?我终于找到张大海为啥非要找到他的原因了。

我这个老同学现在生意做得很是风生水起。

张大海以前只是我们当地一家修船厂的车工,后来嫌工资太低就跟着他那当老板的舅舅去了上海浦东讨生活,他舅舅是个打桩老板,那年头刚好碰到浦东开发,遍地都是黄金。张大海个子小,没啥力气,舅舅就给这个嘴巴忒甜的外甥安排了一个烧饭的活。烧饭的活很轻松惬意,专门给工程队的二十多号工友管饭。每天一大早,张大海就骑着一辆小摩托赶到附近的农贸市场买菜,舅舅给他的菜金是每天200元,但精打细算的张大海总是压到每天160元左右,有鱼有肉,甚是丰富,剩下的40元张大海从未想过将它偷偷揣进自己的腰包里,而是每天晚上会跟舅舅汇报说今天剩余多少多少钱,然后延充到第二天的菜金里。虽然这是小事,加上是舅舅的亲外甥,如果揣进自己的腰包,这也不算什么大事,但在生意经的舅舅眼里,外甥是个难得的厚道人。所以,舅舅对这个外甥格外照顾,一有机会就教他怎么开桩机?怎么搞预决算。舅舅知道自己这个外甥是一个在浅滩里游泳的鱼,总有一天要遨游大海的。

俗话说,外甥一半像舅家门,舅舅的眼光是相当犀利的。三年后,正在当地最大一家日资造船企业做车工的张大海遇到了一位贵人。那位贵人就是日方股东的全权代表加藤秀夫先生,加藤是一位对工作非常严谨的人,而张大海也是一个对工作非常有态度的年轻人,严谨加上态度,加藤就和这个年轻的中国后生碰擦出了火花,他鼓励张大海承包了零部件加工车间。也正是从那一天开始,张大海步入了老板的行列。通过日本老板的提携,加上自己的厚积薄发,五年不到,张大海个人资产已经达到了两个多亿。在中国大陆,有相当一部分亿万富翁的实际资产都是依靠银行贷款,而张大海就不同了,十年来,他旗下三家企业的银行贷款率竟然是零,这在同行企业中委实可算得上是一大奇迹。

坐拥实际资产两个亿,这在我们荷花中学众多的老同学当中也是一位首屈一指的大富翁,有钱就是老大,张大海就是我的老大。张大海对我有恩,因为我手头上有一个文学协会,我们这个协会都是由当地一些喜欢文学的青年组合在一起,因为没有当地文化部门的资金支持,所以平时搞一些文化沙龙或者印刷杂志啥的常常都是捉襟见肘。后来我很幸运地遇到了老同学张大海,他闻听此言,常常三万五万地赞助我们文学协会,这也是我们协会能够生存到 2016 年的最大资金保障了。所以,老同学张大海就是我的老大,也是我们协会最大的恩人。

虽然,我比张大海年纪要大一岁,但我在这个老同学面前永远是毕恭毕敬,诚惶诚恐的。也不知道为啥,每次遇到张大海,我总会感受到有一种无形的绳索在束缚着我,不由得让我肃然起敬,而剩下的就只是老同学这三个字眼了。

每次,张大海打电话过来要我办这办那,我都是努力办好,因为张大海让我办事不是为钱,都是一些他认为不需要他出面的小事,而我也乐于为老同学办好这些小事,虽然是小事,我乐此不疲,不让我办,我还痒痒难受。有时候,人就是这么矛盾,有时候,人就是这么卑贱。

所以,那天老同学打电话来要我将朱勇的事办好,我欣然应承。其实,对于朱勇是不是我们的老同学,在我的印象里已是荡然无存了,就像这位老同学在我们曾经的中学岁月里从未出现过一样。但我还是马上行动了,因为是张大海托我办的事,一定要无条件不折不扣地办好,不办好我就难受!

我翻了数遍老同学电话目录,根本没有记录。然后又打电话请教了中学的班主任金老师,金老师居然也说印象里好像没有朱勇这个学生。我又在 QQ 同学群里留言询问哪位大仙知道朱勇这位老同学。过了一会,伟大神奇的群终于有了回音,有一位老同学说他知道有一位低一届的校友叫朱刚,在海关工作,他的哥哥就叫朱勇,他们的母亲是一位姓周的老师,所有的信息都对上了,彼朱勇应该就是此朱勇无疑了。

我马上打电话给朱刚,说明原委,朱刚将他哥哥朱勇的手机号码发给我,并说朱勇并不是在质监局工作,而是市驾校的一位普通教练。

得到了老同学朱勇的信息,我终于如释重负地长长舒了口气。他在不在质监局当副局长和我无关,是不是驾校教练更与我无关,有关的是这下我终于又为老大办好了一件事。虽然我问了很多老同学,团团转了一圈,也花费了不少精力,但我认为值得,老同学嘛!

于是,我挺直腰板拨通了张大海的电话,然后清清嗓子理直气壮地说:“老大,我问到老同学朱勇的情况了。”

“忠表,辛苦了!”

“不辛苦,为您办事是应该的!情况是这样的,老同学朱勇现在在定海上班。这么多年也培养很多人才。”

“老同学就是厉害!”

“但听他弟弟朱刚说,他并不是什么质监局的副局长,而是市驾校的教练！"

电话那头没了声音，好像时间一下子停顿了。

很久很久，老同学张大海才蹦出一句——

"也许此朱勇非彼朱勇，我可能找错人了！不好意思！"

军 礼

追波逐浪间，乘坐在漂泊不定的船头，人们可以看到一只只油光发亮的海豹在岛旁偶尔伸腰，偶尔平躺，偶尔在礁岩上昂头行走，在水边休闲漫步着，如果离岛更近点，人们还可以听到海豹猪吼般的鸣叫声……这是离好望角不远的一座海豹岛。原先岛上并不产海豹，二战结束后，当地政府为了开发旅游资源，从遥远的英伦岛引进了成千上万只小海豹。

他就像是其中的一只海豹，漂泊、流浪，充满了野性，至少他自己是这样认为的。千里迢迢从中国来到南非，虽然做的是寓公，但南非并不是他的首选，当年，他把安身立命之地选在了洛杉矶，可老头子坚决不同意，虽说当面没有说出任何不同意的理由，其实不说他也明白，还不是怕他在那里跟有关的高层人士"胡言乱语"罢了。

他现在还敢"胡言乱语"么？一个曾经指挥过千军万马的将军，一个曾经在华东战场上叱咤风云的灵魂人物，竟然输在了那些没有上过正规军事院校的共军泥腿子手里，而且输得一败涂地，难怪老头子会咆哮如雷。他带的部队不像桂系那些杂牌军，那可是老头子的嫡系和心血呐！共军的确厉害，不但会打仗，还善于用心！输给这样的部队，委实不丢脸，但输了就是输了，自己就是一名败军之将。

他是怀着沉重压抑、丢盔弃甲的心情踏上基隆港的，当军舰徐徐离开灰茫茫的海岸线时，他不由自主地抬起手，朝着硝烟弥漫的土地默默地敬了一个军礼。

在往后的日子里，老头子就好像彻底遗忘了他这个曾经在同一个战壕里整整战斗了三十多个春秋的"同志"，让他憋屈着一股气。后来还是听从朋友的建议走了夫人路线，老头子才勉强同意他去南非做寓公⋯⋯

那时的南非与中国台湾地区关系密切，都自称是反共的坚强堡垒。与美国一样，南非也奉行种族隔离政策，相比之下有的政策比美国还要来得严格。他并不喜欢南非，但老头子的意思就是要他去南非散散心，了解一下南非的风土人情，为"反共"堡垒添砖加瓦，共同抵御"红色祸水"在全世界继续蔓延。他知道这是老头子的一贯伎俩，只有屈从了。屈从是他的天职，他已经屈从了大半辈子，可到头来却是黄粱梦一场⋯⋯

在南非，感觉最悲凉的好像自己就是一只搬着家当长途跋涉的海豹，随风逐浪，四处漂泊。另外，在南非乘公共汽车黄种人必须坐后排座，前排座属于白种人的。刚开始时，这种潜规则在他的心里就好像被千斤石压着一样的难受。同样是人，为什么还要分优等劣等？后来就渐渐麻木了，麻木得那么彻底那么干脆，毕竟脚下踏的是别人家的国土⋯⋯

有时候，他会抬起头望着碧蓝碧蓝的天，莫名其妙地纵横着老泪。十五年了，自从国民党全线退出大陆，家乡在他的心里就开始变得遥远起来，遥远得若即若离。迢迢万里的南非消息闭塞,他几乎感觉不到家乡的一点讯息,刚开始时,他的心不死,半开半闭,他总想有朝一日能跟着老头子重新回到大陆,他的心里充满了回归故乡的希望。他等来了国民党的金门大捷,等来了美国人登陆仁川,可等了一次又一次,等得头发花白,这个梦想却像一朵白云愈飘愈远⋯⋯

每次,他总会乘坐一辆公共汽车去乡下白人开的一座农场做工。那天,他按惯例迈上了车子,摸着扶手慢慢地朝后面的几张空座位移动脚步,司机回过头叫住了他:"喂! 老先生,您可以坐前面的座位了!""我是中国人!"他缓缓转过身,好意地提醒了一下,"知道您是中国人! 您坐我的车已经坐了十五年了,怎么会不知道呢?""我就坐后排吧! 已经习惯了!"他麻木地移动着脚步。"从今天开始,您可以坐前排座了! 哪个座位随您挑选,您有这个权利!"他呆住了:"为什么? 为什么我可以坐前排了?""难道您没看今天的报纸? 昨天,中国爆炸了原子弹。能造出原子弹的民族当然是优等民族。从今天起,只要是中国人都可以坐前排座了。""真的?"他始终不敢相信自己的耳朵,不敢相信这一切都是真的,兴许这个南非的汽车司机在逗他呢,司机看着似信非信的他,从车座底下抽出一张报纸递给他,"能造出原子弹的民族,值得我们尊敬!"他颤抖着翻开报纸,果然,在报纸的头条赫然登着一幅蘑菇云高高腾空散开的照片,他顿时老泪纵横,虽然他曾经站在了对立的一面,但毕竟是自己的祖国,是自己红色的同胞让他争得了前排座。他突然对着司机大声吼着,"停车! 快停车!""老先生,您怎么啦?""我今天不乘车了! 也不坐你的前排座了!我要下车走走! "

司机连忙跑下车,拉开车门小心翼翼地将他扶了下来,车门设有自动装置,但司机却没有用,这个动作是破例,是空前的。他明白，从今天起，这个中国老头包括所有的中国人都需要特别的尊敬！因为中国造出了原子弹！不管他是共产党还是国民党，那只是他们自己家里的内部纠纷，仅此而已……

站在那条宽敞平整的马路中央，朝着东方那一抹的蔚蓝，他默默地抬起手，敬了一个标准的军礼。

惠云的秘密

药瓶盖上长满了毛茸茸的白花花，用嘴轻轻一吹，花儿便微微摇曳起来，宛若一个白衣女子在风里孤独地翩翩起舞……

惠云静静地躺在床上，骨瘦如柴。她不知道自己究竟得的是啥病，问家人，大家都避重就轻，说是胃病，养一阵子就会没事的。惠云是一个聪慧的女人，咋能看不出自己到底得的是啥病？她捂着肚子长长地叹了口气："欢欢，帮妈妈把照片拿过来。"儿子把挂在窗前的那张合家福捧到惠云的面前。照片上的女人笑得阳光灿烂，幸福地偎依在男人的身边，儿子和所有的风景都成了他们的陪衬。这张照片就是惠云的全部，每当快乐或忧伤的时候，惠云总爱将其捧在胸前细细地看。

惠云是个油漆工，长得并不漂亮，瘦小的身材，脸上布满了雀斑。惠云的老公志刚是一个风流倜傥的男人，对此惠云多少有点自卑。但她天生长了一张伶俐的嘴，小工小活包个不断。惠云会赚钱，不用摊手跟志刚要，活得倒也滋润，这让她的心多少有点平衡了。对志刚，惠云倾注了一生的心血，他的衣食住行，她总喜欢亲手操办，她觉得能为自己的老公做好这些细碎杂活就是她的福气。

志刚心安理得地接受着惠云无怨无悔的付出。他长着一副帅气的面孔，可以前书读得少，父母只好给他拜了一个泥水师傅做泥工。志刚干的是苦力活，赚的是劳力钱。他有一个最坏的毛病就是喜欢拈花惹草，当然，那些女人恰恰看中的也是他的风流倜傥。他有这个嗜好，作为妻子的惠云不是不知道，只不过是不说而已。因为她明白，这种事要男人自己识趣，不能由女人刻意去提醒，否则，就是说了也等于白说。

有人经常在惠云的耳边善意地提醒：志刚的身边不时有许多花一样的女人拥簇着。她说那是志刚为了包工程需要，是正常交际，现在就兴这糖衣炮弹。惠云这么说是给自家男人挣面子，心里烦闷时，她经常会捧着那张全家福痴痴地看，看久了心里也就释然了。照片上的那个女人放不下照片里的那个男人，当然还有乖巧的儿子。

那天，惠云正在粉刷墙面，肚子突然痛了起来。几个一起干活的徒弟连忙架着送她到了医院，经过胃镜 B 超检查，医生说没有什么大碍，只是胃里有点小毛病，叫她男人第二天去医院一趟，说有事想和他聊聊。惠云从医生皱着的眉间看出了一点名堂，但没再问什么，知道继续问下去医生也不会告诉她结果。

第二天，志刚被医生叫到医院去了，回来的时候已是晌午。惠云问他："我是不是得了什么不治之症？"男人笑着说："说啥呢？人家医生说我对你关心不够，要我以后多体贴你关心你呢！"惠云没有再问，怕问多了惹他烦。他说："老婆，医生说你的胃有点毛病，要我带你去上海进一步检查一下！"惠云微微地怔了怔，没有说话，盯着他那张苍白的脸点了点头，毕竟自己是女人，既然男人发了话就一定要听他的。惠云一贯都是这样,虽然钱赚得比自家男人多,家里的大事还是要他来做主,这就是面子,男人的另一张脸!

到上海检查需要一大笔钱,志刚哭丧着脸蹲在门槛上不停地吸着闷烟,知道他心思,惠云赶紧安慰说:"钱不要操心,我去问我爸借一点。"志刚身体也不好,前几个月体检时查出了肝硬化,转氨酶骤然升高,住院治疗了一个月,光医药费就花去了三四万,家里已经没有余钱让她去上海检查治疗了。

他担心的不光是钱,还有自家婆姨的病,医生已经明确告诉他,惠云患的是胃癌晚期,凭海岛医院的条件是根本无法继续治疗的,只能到条件更好的上海去碰碰运气了。

惠云的父亲闻听此言,吓得连忙筹了四万元钱,和志刚一起带着惠云连夜去了上海。上海医生也说是胃癌晚期。她的父亲跪下求医生,医生说癌细胞已经在惠云的全身扩散了,已经无力回天……

志刚是在临上船的时候失踪的,身上带着借来的四万元钱,没人知道他究竟去了哪里……

惠云死前的最后几秒,目光游离,嘴里喋喋不休地说着同一句话:"志刚,你去哪儿了? 志刚,你不要我了吗?"惠云虚弱到了极点,就差这最后一口气了……她死了,死的时候眼睛睁得大大的,怀里紧紧抱着那张照片,这是她这一生唯一和志刚合影的照片……

一年后,志刚出现在了人们的视线里,西装革履,风度翩翩。他的身边多了一个花枝招展的女人。回家路上要经过一座木桥,攀坐在桥杆上的乡人没一个和他搭腔,大伙儿没有因他的出现而感到惊讶。有的还不断在背后吐唾沫,他都感觉到有唾沫星子溅到了脸上,但他没有说话,只是低着头将步子迈得大大的……从此以后,人们再没看见志刚从那座木桥上经过,有人说他回家总是绕一段很长很长的路。

今天是惠云的忌日,志刚打算把惠云以前穿过的衣服都烧了,他想彻底告别自家婆姨的阴影,一切从头开始。志刚开始翻箱倒柜,这时候的他才发现惠云活的时候也喜欢漂亮,这一叠叠崭新的衣服就是最好的证明。突然,志刚发现箱子底下还放了一只小木盒,抱出来打开一看,是一打没有开封的护肝药片,药瓶盖子上长满了毛茸茸的白花花,用嘴轻轻一吹,花儿便微微地摇曳起来,宛若一个白衣女子在风里孤独地翩翩起舞……盒子底下还压了一张小纸条:"志刚,我亲爱的丈夫,我知道剩下的时间已经不多了!你肝有毛病,以后得多注意自己的身体,我给你买了护肝片,听说这药治你的肝病有特效!要记得按时服用。儿子就拜托你了,一定要好好活着!我在天堂会保佑你们的!"

看着,看着,志刚突然"扑通"一声跪倒在地,对着桌前供奉着的惠云遗像疯了似的磕起头来,血红的雾纱罩住了他的双眼,志刚双拳擂着胸脯像狼一样绝望地干号起来……

弯 腰

远在宁波的那个卫生院的中医师和外公是世交,过年一起喝酒的时候偶尔问起小时候曾经在他的脖子上撒过尿的残疾外甥现在正在干啥,外公说我初中毕业后还没有找到正式工作。那个好心的中医师说，一个残疾人以后没有一技之长日子会更艰难，不如跟我来学医吧，好歹有个吃饭的手艺。

那年深秋，初中刚毕业的我，经娘的百般游说，到亲戚开的一家裁衣作坊做了一个学徒。我是一个瘸子，这个行业当时对我来说是最佳的选择。

作坊不大，但师傅收了五个徒弟，只有我一人是男孩，其他都是女的。由于我很喜欢文学，喜欢在空暇之余写点东西，平时嘴里总会不经意间流露出"灵感"之类的话语，可就是这些却成了那些师姐妹们嘲笑我的原因。

瘸子老师，帮我把地上的布片捡一下。

瘸子大作家，我的线圈掉地下了，麻烦你了。

……

她们从骨子里就看不起我这个跷脚的残疾师弟，说出来的话特别刺耳。我知道她们在捉弄我。每每此时，我总会弯着腰，伛下身去帮她们捡着捡那。也正是这些，让我这个在缝衣车上书写人生的"独脚大侠"产生了换个环境的念头。

一听有此好事，我赶紧向师傅辞了职。

明天就要走了，爹说得去赶个头潮。家里最近用钱地方多，已经没啥闲钱了，这么远去学医，一年五百元生活费还是要准备的。爹一大早就独自一人爬上屋后那高高的海防大堤去赶头潮。大堤没有台阶，他嘴上衔着铅桶铁环，沿着石头缝隙慢慢往下爬。滩涂上到处爬满了高傲的红旗蟹和灵巧的弹涂鱼，爹对它们是不屑一顾的，这些小海鲜随处都可以捉到，值不了几个钱。爹赶头潮主要是去撬牡蛎、摸海瓜子、抓辣倌子，当然还有香螺。对于这些，爹是驾轻就熟的。

我曾多次想对他说，爹，以后不要再下海去捉那些海鲜了，赶头潮的潮水速度猛,实在太危险。再说滩涂上到处都是碎玻璃乱石块,随时随地就能把人的脚板和大腿划破。我最终没有说出口。我没有资格说这些,我的心酸酸地发涩着,长这么大了,非但没有能力来赚钱养家糊口,却还要爹娘为之操心,我真是一个窝囊废。爹像是看出了我的心思,每次赶头潮前总是对我说,儿子,你自顾好好念书,长大自己能挣门手艺。爹赶头潮就是为了你日后能自立!

其实,我在乎的是他们的身体,受苦受累了一辈子,就是能让我们这些子孙有饭吃有书读有衣穿,以后能成为不必弯腰的当官人有钱人。

爹没有读过书,他的理解我完全能接受。事实就是这样。我苦笑着,没有反驳爹的话。每次看着他那佝偻的身影渐渐消失在高大伟岸的海防大堤下,我的心就会彻底吊起来⋯⋯

傍晚,憔悴的爹终于回来了。他提着铅桶吃力地推开门,娘赶紧跑上去一把扶住爹,接着,她兴奋地跳了起来,儿子,看你爹今天抓住了什么? 你的生活费有着落了!

爹将铅桶里的海鲜倒入一只大脚桶,辣佰子和香螺伸出细小的触觉在脚桶的边沿慢条斯理地溜达起来, 最后倒出来的是爹那条用来遮风避雨的海军蓝毛巾。他的眼睛自始至终盯着我,我慢慢抖开毛巾,两条半斤大的鱼蹦了出来,哇! 是黄鱼! 大家不约而同地喊了起来。娘拉着我的手,儿子,你看,连老天都在帮我们,明天叫你爹顺便带到城里卖了,两条黄鱼卖它个五百元总归是有的⋯⋯

天蒙蒙亮,我背着行李和爹上了路。他带我来到城里一家豪华的酒店, 这家酒店在城里非常有名气, 它的名气突出在早餐上。这里的早餐主要供应一些有钱人来消费,有竹节虾面、白蟹面，但最有名气的还是要算黄鱼面了，听说每碗要卖到二三百元。唉！现在这世道，人与人之间是永远无法比拟的。

爹把两条黄鱼交给一个主管模样的人，主管吩咐厨师对黄鱼的鲜度进行评估。最后，他将四百五十元钱交给爹，爹急了，说这两条黄鱼最起码要值五百元，请求主管再多给点。被爹蘑菇得没了脾气的主管最后只得妥协，他将五百元钱摔在爹的脸上。

就你们这些乡下人难缠，收拾好钱，快给我滚蛋。

我从没见过一生老实巴交的爹竟然会生出如此大的火气，他涨红着脸，一根根青筋绽露，血红的眼珠子死死盯住主管。

你给我捡起来！捡不捡？

爹紧紧地捏着拳头，我生怕他真的会一拳砸出去，赶紧拉住了他的袖子。

爹，算了吧？

他一把甩掉我的手。

你认为我们捕鱼人就这么好欺负？狗仗人势！仗着有几块臭钱就了不起了？就可以欺负我们穷人了？

那个主管吓得说不出一句话。

好，好，好，再加你五十元。这下总该行了吧？

他弯下腰赶紧捡起散乱的钱，一把塞到我的手上，我拉着爹连忙逃离了这个是非之地。

临上车时，父亲一脸的愧疚。

儿子，刚才的事请原谅爹，爹那是迫不得已。

啥事？爹。

人活着就是为了一口气，绝不能弯腰！要活得有尊严！

记住了！爹，做人要有骨气，绝不能随便弯腰！

看着苍老的爹，我噙着泪花深深地点了点头……

静静的候鸟

认识嫣然是在高二的时候，海华刚从北方一所中学转校过来。那年,校园的林荫道上纷纷扬扬飘满了火红的枫叶儿。

"快高考了,你打算考什么学校？"记得那天正刮着大风,将枫叶儿打得七零八落。两个人相约来到柳亭下复习,嫣然抿着嘴笑着问他。不善言语的海华憨厚地笑着说:"我打算报考医学院。"

"你想当医生？"

"是的,但是我有个志向。"

"啥志向？说说看。"

"说出来你可别笑我。"

"哪能呢？咱们现在不是已经成了好朋友了吗？咋会笑你呢？"

"我想报考 W 医学院,我想做一名外科医生。"

"为什么要做一名外科医生？"

"我要把世界上所有肌萎缩侧索硬化症的病人都看好！"

"肌萎缩侧索硬化症？"

"一种可怕的疾病。"

"可怕到什么程度？"

"可怕到可以将我变成一个孤儿！"

"啊！"

"我的老家在东北的松花江畔，十五岁那年，父亲和母亲，还有姐姐都患上了肌萎缩侧索硬化症，那是一种肌肉渐死性疾病，医生说引起肌肉萎缩的原因可能与基因突变有关，到目前为止还没有治愈办法。去年，父亲和母亲，还有姐姐都相继死了，是海城的姑姑收留了我。"

这些事嫣然还是头一次听说，她眼圈通红通红的，不敢再问。那一刻，她突然觉得眼前这位帅气的小伙仿佛变成了一只候鸟……

"我希望自己以后能成为国内有名的外科医生，专门研究肌萎缩侧索硬化症，希望能将更多的病患者从可怕的困境中拯救出来。"

"你一定行的！"

"那你呢？"

"我也一样，我也打算报考 W 医学院。"

"啊？为啥和我一样？"

"被你的故事感染了，不过，我觉得这种职业很崇高！"

"那我们一起加油！"

"加油！！"

因为志趣相投，海华和嫣然成了挚友。可想考入 W 医学院不是那么容易的，两个人互相勉励，也彼此竞争。时光悄悄流逝，高中生活也近尾声，高考的硝烟正日益逼近。海华和嫣然按照当年的约定，都在第一志愿栏里郑重地填上了 W 医学院。

"加油！"

"加油！！"

"如果我们两个人都能进同一所医院院，学的又是同一个专业，那该多好啊！"

"我想应该会的！我们一定会在美丽的 **W** 校园再见的！"

海华和嫣然互相握住了手,这是两人第一次握手,含羞,纯洁,更充满了刚力。

发榜那天, 张贴在校园门口那大红的榜单上只找到了嫣然的名字。

两个人再次相约来到了柳亭下,

"祝贺你！"

"不要气馁！有了目标你可以从头再来！"

"谢谢你！我会参加明年的复读,重新参加高考！"

"希望在明年的校园里能看到你的身影,加油！"

"加油！"

说完,嫣然眼圈红红的,鼻子醋溜溜地酸了,差点没哭声出来,那一刻起,她知道他已经彻底萎靡下去了,但她找不出合适的话去安慰他,只得握手道别。她从小路弯出来,刚开始只是散乱着脚步,后来忍不住捂着嘴沿着林荫道狂奔起来……

从那时起,海华的消息时有时无,时断时续。第二年发榜时节,刚巧回家的嫣然特意跑去看榜,还是找不到他的名字。也正是从那天起,嫣然彻底没了他的音讯。

N 年后,嫣然已经成为某医学院的客座教授。那天,她照例来到实验室,是给学生们讲授肌萎缩侧索硬化症课程。

"家族都有几名成员患有幼年期肌肉萎缩侧索硬化症,这是一种少见的 **25** 岁前发病的疾病。

"**ALS2** 基因的两种突变, 每一种突变均造成了相似的后果,突变型蛋白不能正常执行脑细胞的命令,导致神经细胞功能减退和肌肉萎缩,这是一种很严重的免疫性疾病, 和基因突变有关,可导致偏瘫直至死亡的发生……"

一具尸体静静地躺在雪白的手术台上，脸上挂着一丝微笑。突然，拿着钢塑教鞭的她怔住了，手术台上躺着的分明是他，两条严重萎缩的腿微微隆起，就像是一只静静的候鸟……

纪念碑

章市长，不！准确地说不能再称他市长了，应该叫他的名字，章家明。章家明回到了故乡，什么人也没见，就连亲朋好友都不知道他已经返乡了。当市长的时候，他是一个面带福相，身材魁梧的中年男人，而现在憔悴得连自己都不认识自己了，何况是别人。他登上了五奎山，那里建着一座连岛大桥的纪念碑，山底下就是世界上跨海峡跨径最大的钢桁梁悬索桥，粗大的导绳拉通万吨钢缆，将位于茶山海峡的两座岛屿凌空链接在了一起。

纪念碑是他当市长的第三年春天建的，落成的那天刚好是连岛大桥正式通车的日子。政府没有出一分钱，全部由当地的村民集资建造，目的就是为了感谢许许多多像他这样一心为岛国民众着想的人。想想也可以理解，岛国是中国新兴的海岛港口旅游城市，具有显著的区位优势和得天独厚的"渔、港、景"自然资源，建设岛国跨海大桥，构筑出一条全天候的岛国与大陆通道，让三百万岛国民众早日结束"孤悬海上、舟楫相渡"牛郎织女般的日子，使之成为大陆伸向海洋的港口城市，实现了海岛同大陆的连接，把发展海岛特色经济与大陆比较完善的基础设施网络密切结合起来，把中国最好的深水岸线资源与广大幅地密切结合起来,对进一步开发岛国海洋资源,推动 A 省、长江三角洲乃至中国经济发展都具有深远的意义。当然,这些都是冠冕堂皇的大道理,而自打连岛大桥从这里穿过后,整个五奎山沸腾了倒是事实。农家乐、大型造船厂、水上乐园、宾馆、饭店像红旗一样插了个遍,各种琳琅满目的商品应有尽有。最值得当地民众高兴的是,以前去一趟对面的大陆需要乘轮渡,费时不说,还得看老天爷的脸色。现在只需半个小时,开车几分钟就能跑个来回。所以,岛国的广大民众对当时的决策者——章家明市长都是心存感激的,有些年长一点的老人甚至还将他当成神一样供起来膜拜呢……

整座纪念碑大抵只有 3 米多高,采用的材料是当地都能随处可见的花岗岩,基座没有任何的雕饰,只在花岗条石上刻着"岛国连岛大桥建设者万岁"11 个大字,没有鎏金,只用红油漆在每个字的凹凸处均匀地修饰了一番。章家明用手摸着每一个大字,刷痕新鲜,一眼就可看得出是有人在经常粉刷保养。而最为显眼的是纪念碑顶端的那尊雕塑,花白的八字须,浅浅的皱纹,还有那一双永远笑眯眯的眼睛,都让人觉得他是一个和蔼可亲的小老头,傲然俯视着那绵延千里的海上卧虹。

章家明在纪念碑前来来回回地走着。现在,他的雕塑在他面前仿佛成了一个陌生人,甚至有点可笑,但是他依然轻轻地抚摸着,思索着……

那天,章家明挂着一根黑黝黝的铁杖,步履蹒跚地又来到五奎山上,他摸了摸整个纪念碑的基座,又抬头看了看春风得意、豪情万丈的"自己",整个人猛地抖了起来……突然,他看见一个老头和一个老太太蹲在纪念碑那泛白的基石旁,手里各自拎着一只小铅桶,老头用红漆粉刷着字,老太太则用刷子沾着水清洗着有点污渍的基石。

"这是我们岛国一个很了不起的人。"

老太太停住了手,抬起头看着他。显然她是这样认为的,来这里的人一定都是对雕塑者都抱有深深的感情,她明显把他当成了一个普通的参观者。"这么多年来,只有他是从本地提拔起来的市长,最可靠!对我们老百姓也最上心!"

她告诉他说,每隔半月,她都要和老头子一起上五奎山为纪念碑清洗,山上林高树密,经常有海鸟上这里来拉屎,岛上的人可不允许海鸟屎玷污了他们心中的偶像。接着,老头接过了话头:"如果当初没有章市长下决心,我们岛国不可能造跨海大桥,你看,大桥造得多气派啊!这可是多少岛国人梦寐以求的事!虽然他犯了错误离开了我们,但他永远是我们岛国人优秀的子孙!"

章家明彻底吃惊了。从那一刻起,他很怕再见到那个老头和那个老太太,因为他心里非常清楚,一位有罪的前市长已经没有颜面再值得岛国的民众这般抬爱了。看着"自己"孤零零地立在风口山尖上,他心里难过极了,他仿佛看见了自己裸着身子在阳光下狂奔一般,所有的衣服都被扯得七零八落,丢盔弃甲似的撒落了一地……

"最好把它砸倒了!"他想。雕塑底下的两条腿是最薄弱部位,也许稍一用力一砸,就会掉落下去。他爬上基座,踮起脚,撩起手中那根黑黝黝的铁杖狠狠地朝"自己"的两条腿砸去。轰隆,一声巨响,整个雕塑撕心裂肺似的掉进了底下的松林丛中。他挺起酸痛的腰杆,愣愣地俯视着对面的跨海大桥。桥上车来车往,阳光照在波光粼粼的海面上,就像铺上了一层碎银,煞是好看,一阵海风拂过,整座大桥像被揉皱了的锦缎,剧烈地抖动了起来……突然，有人使劲从背后扯他的衣服，失去了重心的他从高高的基座上摔了下来，仰面倒在柔软的松针上，看着远处悠悠飘过的白云，章家明嘿嘿地笑出声来了……

"看看你都干了些什么？你会遭报应的！"老头立在他的面前，双手颤抖着拎起那半桶油漆，哗，全都倒在了他的身上，嘴里还不断骂骂咧咧着。

"你……你为什么要把章市长给砸了？他……他可是一个大好人呐！"老太太搂着雕塑的头，伤心欲绝地哭了起来。

鸡　眼

早些年，在定海道头边上开有一家修脚馆，这修脚馆类似于现在的足浴馆。那时候，来修脚馆修脚的都是一些财主，偶尔还会有一两个乡民光顾，但更多的还是那些在风里来浪里去的扪鱼阿毛。

人们光顾修脚馆，不光是为了修脚，更多的是来看一个女人，那个女人就是"修脚佬"周翠娥。过去那个年代，女人不应该抛头露面，可这周翠娥不光抛头露面，还每天要摸无数男人的脚，这在人们的眼里，就是败门枋，倒女人霉。

周翠娥虽说只有 19 岁，但天生就是一个叛逆的胆，女人们不敢逾越的事情她敢做，女人们最爱嚼舌头的活她敢揽。周翠娥的父亲周阿星本来就是一个"修脚佬"，周翠娥能成为一个"修脚佬"，其实也是继承了父亲的衣钵。周翠娥的老家在关东，东洋人占领了东三省后，不愿当亡国奴的周阿星举家逃到了这个南方岛国，投奔远嫁到此的妹妹和妹夫。为了生计，"修脚佬"周阿星就用积蓄在定海道头边开了这家修脚馆，作为东北女人的周翠娥最终成了一个"修脚佬"，那也就不足为怪了。

在"修脚佬"这个行当里，不仅要帮客人洗脚、按摩、剪脚指甲，最难的就是修鸡眼了。

每次给客人修鸡眼，周翠娥先用自行炮制的药水在鸡眼上均匀涂抹，然后沿着基部盖上一层用另一种药水泡浸过的纱布，完事后，才开始正式修鸡眼。这时候的鸡眼已经达到了相当服帖的状态，修刮时，客人不仅感受不到丝毫的疼痛，修理完鸡眼后，还会出现宛若卸去一座大山般样的轻松感觉。一时间，来店里找这个东北女"修脚佬"修鸡眼的客人每天总是络绎不绝。

刘畅也是一个老客户，总是隔三岔五地来，一进门就指名道姓要周翠娥为他修鸡眼。如果排的队伍实在太长，他就扭头便走，宁可下次再来。刚开始时，她也没咋注意这个憨头憨脑的小伙子，每天找她修脚的人实在太多了。

那天，刚修完鸡眼，刘畅从上衣口袋掏出一只布袋搁在茶几上。周翠娥惊诧地问："这是啥？""银圆！""干啥？""我知道你现在有困难，想帮帮你。""我……我现在有啥困难？""我在走廊里听见那些帮工说你父亲胃不好，需要钱看医官……""那帮嚼舌的，真是多嘴！可非亲非故的，我不能拿你的钱！""拿着吧！别犟了，快帮周老伯上医馆诊断一下吧，这病可拖不得！"刘畅说完便径直走了。周翠娥赶紧追了出去，一直追到街心，却早已不见了他的踪影。

昏黄的月光下，周翠娥将布袋紧紧捂在胸口上……

可不知为啥，打那事过后，就再也没有见过刘畅来店里修鸡眼了。时间一长,她的心里产生了一种莫名的情愫,渴望着有一天,那个熟识的身影能重新出现在她的视线里……

上医馆花了大钱后,老"修脚佬"周阿星的身子渐渐硬朗起来,而周翠娥渴望见着刘畅的心也更强烈了。几经打听,她终于得到了刘畅的确切住址。说来好笑,两个人住的地方只隔着一条街,平时就连打个喷嚏也能听见呢。

第二天,她提着一篮水果找到他家。那是一排藏在陋街深处的老房子,开门的是一个白发苍苍的老头,猜想一定是刘畅那相依为命的老父亲吧。"大伯,这是刘畅的家吗?"周翠娥羞涩地问。"是啊!你是……""我是刘畅的一个朋友,今天刚巧路过,就过来看看他。""是阿畅的朋友啊?请进!快请进!"

刚进房门,周翠娥就明显感觉到整间屋子里弥漫着一股强烈的中药味儿。推开里屋,她顿然怔住了,刘畅脸色苍白,歪着光秃秃的脑袋蔫蔫地倚靠在床背上,声音低沉得像是从某个角落飘出来一般。"咋找到我家的?""你咋啦?咋成这样子了?""把你吓着了吧?我患了可怕的肺痨,恐怕快要死了!""不要说傻话!这毛病又不是啥大病。要相信医官,更得相信自己!俺爹现在不是活得好好的吗!刘畅的眼角润湿了,这是他长这么大来第二次听到女人如此关切的话了,第一次是听已经过世的母亲说的……

从那以后,周翠娥每天一有空就跑去照顾他。时间一长,她的眼眶爬满了一团团黑黝黝的皱圈儿。白天,她为刘畅端水、喂饭、洗衣服、修鸡眼忙个不停,晚上,困了就趴在床边打会儿瞌睡。看着他日渐消瘦,她心疼得直掉泪。有时,周翠娥还得奔波于几个菜馆间,为的是能为他买到可口的营养饭菜……

后来,有朋友私下告诉刘畅说,周翠娥为了讨得一张肺痨保守治疗的药方,千里迢迢跑到云南,在一位早已封壶多年的老中医家的小院里跪着硬是不肯起来，老中医的女儿劝告她说："起来吧，我爸爸年纪大了，不会再给任何人瞧病了。"周翠娥还是倔强地跪着，"俺丈夫得了肺痨，怕再复发，听说老先生治疗肺痨有特效，就大老远从浙江跑来。求求您了，救救他吧！他还是一个风华正茂的小伙子。"风雨中，周翠娥跪了整整十多个小时，老中医终于被感动了，破例为她开了一张处方……

在周翠娥的精心照料下，刘畅的身体开始慢慢康复起来。那天，他看见周翠娥走路一瘸一拐的，就关切地问："咋了？崴脚了？""没有，是鸡眼搁的。"刘畅一把将她按在睡椅上，顺手从抽屉里拎出一只盒子。她轻轻挣扎着，不知道他卖的是啥关子。他小心翼翼地褪下她的鞋子和白袜，然后从盒子里拎出一只包裹，慢慢地摊开，一把把刮刀泛着耀眼的寒光整整齐齐地"躺"在纱布上，接着，刘畅执起刀，在周翠娥的脚上缓缓地游弋起来……

回　家

"她爹，咋办？回是不回？"

"秀啊！俺也不知道，听说高速公路堵了雪，都没膝高了。咋回？"

"真是急死人了。前几天刚刚通了话，今天咋就打不通了呢？今年说啥也得回去过年。明天你再去长途车站看看，真的买不到平价票，也只能高价买黄牛票了。"

"嗯，今天早上听对门那对安徽的小两口说，这阵子大白天去排队哪里还轮得上？那个男人从半夜排到早上 6 点才好不容易买了两张，还被雨淋成了落汤鸡，今天躺在床上发高烧起不来了，他媳妇刚才出去请医生了。"

"她爹，那俺今天半夜去排队。"

"啥话？叫你一个娘们去遭罪这不是咒我吗？还要我这个大老爷们作啥？"

"你明天还要上工地呢？"

"没事，这几天净下雨，工地上也没啥活。再说，这几天大家走的走，剩下的也和咱们一样散了心，还有谁能安心？"

前几天，11 岁的小女儿梅子从老家打来电话问："娘，你们那边下大雪吗？"

"下啊！不过只有一点点。"

"我们这里下得可大了！把门都给堵住了。我和姐姐还有姥姥姥爷整日在屋子里烤火呢，不能出去玩，真是烦闷死了。"

"你可得听姥姥姥爷的话，过几天娘和爹就回家。"

"回家？真的啊？一定得带好多好吃的回来啊！"

自从接到那个电话后，再打，总是嘟嘟的忙音。

晚上，女人缠着男人。

"她爹，家里不会出啥事吧？"

"呸！呸！尽说不吉利话。"

"俺担心死了。"

男人搂着女人白嫩的膀子，竭力劝着："你道俺不担心？早点睡吧！啥事都没有！"

"那电话咋打不通呢？前几天打不是好好的吗？"

男人打开手机拨了一个号码，嘟哝了好久终于通了。

"阿表哥，现在家里咋样了？"

"是刘海啊，今天打电话来，咋的，想着你哥了？"

"老哥，这几天打电话回家，但是老不通，你弟媳妇都快急出病来了。没办法，只要打你城里的电话了。"

"情况确实糟糕，现在老家的雪下得已有一米厚了。所有通讯、交通、水电早在几天前就中断了。"

男人和女人一听，心陡然吊了起来，家里两个八十余岁高龄的老人，还有一对年幼的女儿……到底该咋办呢？

半夜，男人手机闹铃叽里呱啦响个不停，男人起了床，披上一件黄大衣，扯了一根土布条子朝腰上一扎，推开了门。天上飘着粒子雪，夹杂着一股凛冽的寒风直朝他扑了过来。男人使劲裹住大衣，朝车站方向蹒跚而去。雪越下越大，纷纷扬扬，视线也慢慢模糊起来。好不容易挨到车站，奶奶的！男人差点晕厥了，买票的几个窗台前黑压压排满了人，足足有二十多米长，还不断有人拦腰插进来。男人赶紧排了上去，生怕被人挤了。从半夜一直排到天亮，男人还是两手空空。

男人耷拉着脑袋回了家。

"咋的啦？像霜打茄子似的？没有买着票？"

男人抬起头，抖了抖眉毛上的雪疙瘩，冻得都快成冰人了。

"奶奶的，票子咋就那么难买呢？"

"现在是啥时候？大伙儿都赶着过年，挤一块去了能不难买？"

"往年可没有这样难买。"

"今年气候太骇人了，看电视上说全国都在下大雪呢。条条道儿都封了呢。这可咋办呢？"

"咋办？咋办也得回啊。等会儿俺去阿旺那儿问问，他小子脑子活，听说最近还倒腾黄牛票呢。"

男人的手机突然响了起来。

"你是刘海吗？俺是村里的王书记。"

"俺是刘海呐。啥？你是俺村的王书记呐？"

"你打工的地儿下雪不？"

"啥？你问这里下不下雪？下！不过不是很大，雨夹雪，不一会就化了。家里还好吧？"

"俺们这里雪大得不得了，电话线杆基本上都被摧毁，连手机信号塔也被大雪压塌了呢。你和媳妇猜一下，现在俺是在啥地方给你们打电话？"

"啥地方？你家里？"

"错！再猜。"

"俺家里？"

"错！"

"俺们村里？"

"错！"

"求求你，俺的王大书记，俺和婆娘挠破头皮愣是猜不上来，饶了俺吧？"

"俺和你家小闺女是爬上你家门口的那株老槐树上才打通了手机。"

"俺现在正在想办法搞票子，俺和婆娘想尽快赶回家去。"

"啥？你们回家？拉倒吧？家里一切……"

梅子一把夺过手机，"爹！娘！家里的一切村上和乡里都帮俺们安排好了。你们不能回家来！听书记和村主任说，如果现在回家，说不定会困在半路呢。还是安安心心在那边过年吧。"

远处，响起了一阵阵轰天响的鞭炮声，把所有的一切都给淹没了……

那天夜里,男人和女人的呼噜声此起彼伏,像打雷似的。哎!好久没有这么宽心舒坦了。

海 烟

船徐徐离开了码头,黑黝黝的海在雪亮航灯的照耀下,泛起层层白沫儿密密匝匝地跳跃着,一股股淡淡的海烟从空旷的大海悄悄漫了上来……

大哥挥舞着双手,张着嘴声嘶力竭地叫喊着,风高浪急,听不清他究竟在喊些啥。看着码头上瑟瑟发抖的大哥,小雪一把扭过头去……渐渐地,整座码头连同大哥的身影都被缥缈的海烟彻底给湮没了。

这是一个寄蜉蝣于天地、渺沧海之一粟的浙东小渔村,小雪和大哥从小就生长在这里。自从跨入了大都市的门槛,所有的一切都比她想象的还要来得繁华。满目皆是缤纷霓虹的街头,川流不息的车流,忙忙碌碌的人群。也许是现代都市的楼太高了,遮住了秋风往来的路径。那些作为城市风景的行道树摇曳着长年都不凋零的枝叶,在寒风中瑟瑟颤抖……小雪踯躅在都市的街头,多想拾取一片落叶,却跟在喧嚣中寻找一点诗意一样的艰难。"雁字回时,月满西楼。"大雁也许只栖息在唐宋诗词的枝丫上,西楼有霓虹灯、白炽灯和各种彩灯,却挤不进一片昏黄的月光。大雁都住在供观赏的动物园里,一切的诗情碰到冰凉的铁栅栏便悄然铩羽了……小雪想起了那个四面环海的小渔村,一切只是繁华过后的寂寥景象。

大哥和小雪一样，从小就喜欢唱歌。那年，省歌舞团来海岛招收演员，兄妹俩一同报考了声乐系，发挥超常的大哥在冲刺最后一关时，声音突然嘶哑，被裁判无情地涮了下来。正因为大哥的失误，小雪作为替补终于挤上了去省城的末班车……

培训结束后，小雪被一家广告公司相中，去北京拍摄一组中国丝绸之路的广告宣传片。接着，一家大型服装表演公司的总经理被她那典雅的气质和高挑匀称的身材彻底征服了，竭力邀请她加盟模特表演队。

绚丽的 T 型台，梦幻般的闪光灯……小雪踏上了一条通往繁华锦绣的人生之路。

已经有好几年没回那个贫瘠的老家了，每次回忆起那个简陋僻静的小渔村，小雪的脑海里塞满了记忆的碎片，就陡然产生了一种多想回家看看的奇怪念头。

每次打电话回家，大哥总是说家里一切都好，叫她不要记挂，好好发展她的演艺事业。她说她想寄点钱补贴家用，大哥说，现在他买了一辆的士，生意不错，不缺钱，叫她自己积攒点，日后在大城市里发展，总得需要买套房子安身立命吧。

第二天一早，小雪独自一人踏上了归家的路。

晚上 10 点，轮渡一靠岸，一群屁股直冒浓烟的两轮摩的纷纷涌了上来，昏黄的灯光下，一个熟悉的身影在她的面前一闪，天哪！这不是大哥么？他也发现了小雪，慌忙发动了机器……小雪疯似的冲了上去，一把扯住他的衣袖，哽涩着说，大哥，我就坐你的的士回家。说完，一把跳上了敞篷的车子……

夜色朦胧，寒风刺骨，小雪紧紧搂住大哥瘦弱的身子，将头轻轻贴在他那冰凉的后背，小雪仿佛听到了大哥的心跳声。

些许轻叹,些许失落,一些往事散落在孤单的背影里。小雪神经质地想,一切的一切都是这般的沧桑。大哥他那浅伤薄哀的情愫,凝结成弯眉上的霜花,在苍白月光的注视下,忧伤地淡蓝着⋯⋯

就在刚才,妈妈打电话告诉了她一个深藏多年的秘密。当初,因为家境贫寒,兄妹之间只能选择一个去省歌舞团,为了圆她的梦,大哥在关键时刻故意嘶哑声音⋯⋯

一股股淡淡的海烟从四面八方悄然漫了上来。小雪的心骤然疼了起来,她大声哭喊着——

大哥!大哥!

海　啸

五年前,男人带着老婆来到这座远离大陆的东极岛讨生活,男人在当地一位渔民的船上找了个拱淡菜的活,女人则帮着当地一些渔家织网补旧,赚点酱醋钿,补贴家用。

他们住在东极岛最高峰望娘尖上的那排平房里,从山上放眼望去,所有的景色便可一览无余。

他们住的房子原先是守岛部队的旧营房,五年前部队撤往了大陆,男人和女人咬咬牙拿出全部积蓄买下了它。这排平房不仅地势高,据说当年守岛部队建营房时,没水泥没砖块,就用山上的块石掺和着糯米浆砌筑而成,固不可摧。每年台风来临时,山脚下的民房不是你倒就是我毁,只有这营房没受到半点损伤。

平时,男人和女人不轻易和山下的人来往,只有购置生活必需品或出售渔网时,女人才会下山转悠一圈。男人也一样,每次到了出海时,他就下山径直去了码头。剩下的时间,两个人就这么头顶着蔚蓝的天,脚踩着蓝黝黝的海,互相默默厮守着。

那天夜里,男人和女人互相合计着,等再干两年,就把这房子给卖了,几年过去了,东极成了著名的旅游区,房价升了不少,到时候就一起回商丘老家去,先盖两幢大楼房,再用剩下的钱做点小买卖,从此以后不再出来打工了,出门在外实在煎熬得很。

白天,男人总爱坐在柔柔的海风里,静静地看着阳光照着凌凌的海面,暖暖的,甭提有多惬意。一到傍晚,男人就会蹲在门口那块巨大的白岩上,端着一只大海碗,窸窸窣窣扒拉着番茄面浆。女人则倚在他的身边,不断地将面疙瘩夹到他的海碗里。两个人张望着远处那血一样的海平线,默默无语着。每当此时是他们最想家的时候,孩子们的书读得咋样了? 老人们身体还硬朗么? 家里的两间茅草房是不是快倒塌了……

斜阳的余晖下,金色的沙滩上到处都挤满了人。正值旅游旺季,今年来东极岛度假休闲的人特别的多。游泳的、玩沙的、观潮的,千姿百态,悠闲自得……

突然,男人脚下的白岩剧烈地抖动起来,女人一把抱住了男人的身子,碗里的汤汁洒落了一地。接着,房子发出一阵"嘎,嘎"的巨响,轻轻摇晃起来。女人手中的碗终于把持不住了,"咣啷"一声响,好端端一只花瓷碗摔得支离破碎,一块块碎片在白岩上桑巴似的蹦跳起来。

刚才还金光灿灿的海水刹那间变成了墨黑色,迅速朝外海退去,一个裸露出油晃晃脊背的巨潭出现在人们的视线里。所有的人都跑到沙滩上,不知道究竟发生了啥事。有的人还不断按动着相机快门,争先恐后地将这一奇特的海山景象拍摄下来⋯⋯

接着,眼前全是看不到边际的巨浪,喧嚣着向海岸线呼啸而来。可能是海平线缘故,山下的人看不到大海深处所发生的一切,而山顶上的男人和女人却看到了。常年在海上讨生活的男人这才知道发生啥事了,他将大海碗扔进女人的怀里,疯了似的朝山下跑去,边跑边大声喊:"海啸来啦! 海啸来啦! 大家快往山上跑啊!"可山下根本没人搭理这个满口土话的外乡人。男人只好一个接一个地解释,他指着远处的大海慌慌张张地说:"你们看,海啸马上就要到了! 大家快往山上跑吧!"

附近的海面风平浪静,缓缓行驶的游船点着一盏盏彩灯,浮在海面上悠闲地摇曳着。海边的人多了起来,闲闲散散地边走边玩,有的还在不断地按着快门,竭力挽留着渐渐斜堕的夕阳,有的漫步在十里金沙,吹着凉爽的海风⋯⋯

已经撕破嗓门的男人筋疲力尽地跪倒在沙滩上,绝望地使劲揪着头发。

接着,男人又疯似的跑回山顶,从里屋拎出一壶汽油。

女人慌忙拉住他,惊恐地问。

"孩子他爹,你想作啥?"

"我要烧了咱家的房子!"

"那可是咱辛苦赚下的家业啊,还指望它能卖个好价钱回老家盖大房子呢。"

"你这婆姨咋这么多废话? 烧了它,咱可以重新赚回来,山下那么多人死了,可就再也回不来了! 有的就连尸骨都找不回,海啸可怕着哩!"

"咱家的房子和海啸有啥关系?"

男人一把摔开女人的手,将汽油使劲泼浇到墙面上,一股浓浓的气味快将人窒息了，仿佛顷刻间所有房子都将被炸得粉身碎骨。

男人将打火机和一条沾满了汽油的破布条塞到女人的手里。

"快将火点上，已经来不及了！"

"你自己咋不点？"

"你来点！否则以后骂起来还有你一份呢！"

女人朝他脸上狠狠地啐了一口，颤抖着手打亮了火光，接着，她将着了火的破布条甩到墙上，"轰"的一声巨响，整座墙面顷刻间燃起了熊熊烈火。男人和女人扯破嗓子朝山下喊叫起来："快来救火啊！我家房子着火啦！"

大火在狂暴的海风撕扯下，发着一阵喧嚣的巨响，仿佛就要将整座房子融化了一般。

山下的人终于有了反应，有的扛着拖把，有的端着面盆，直朝山上奔来，最先跑上山来的人抡起拖把刚要打火，男人却一把拦住了他们。

"你这外乡人是傻瓜啊？自家房子着火了还不让人救。"

"这人脑子肯定进水了？不识好歹！"

男人却朝远处的大海指了指，大家顿时都傻眼了。

整座东极岛开始剧烈地抖动起来，一排排巨浪摧枯拉朽似的呼啸着冲过外围的礁岩，铺天盖地地向中心岛屿猛扑了过来，顷刻间，山下所有的一切都被巨浪吞没了……

海暖暖

这是一艘开往岛国的船。

引擎声明显小了许多，蓝黝黝的海被船体犁开一道长长的口子，一条泛着白沫的丝带剧烈地晃动起来。

滑进这条狭窄的水道，便是著名的岛国了。

天渐渐暗淡下来，静谧的海却没有完全睡去。远处，海浪轻轻漫上岸，又悄悄退去，细柔中夹杂着些许的羞涩，宛如轻纱薄镜般的海水，一遍又一遍拂动着洋面，显得那样平静和安详。

一对邋里邋遢的老夫妇带着三个小孩正蜷缩在船尾，地上铺着几块麻袋片子。老太婆伸出一双脏兮兮的手，将面包掰成几小块，孩子们抢在手里，欢快地啃了起来。

不远处，昏黄的航灯下，一个穿戴华丽的女人正神色忧郁地趴在栏杆上，看着身下泛着白沫的海水怔怔地发着呆。一个男人轻揉地捶着她的背，旁边，一个矮个子女人正帮她轻轻地擦着额头。虽然已是初春，残留的寒意仍然很凛冽，但女人的额头上还是渗出了丝丝的汗珠儿。看样子那个女人一定是病了，而且还病得不轻。女人转过头看了看那些天真烂漫、不知冷暖的孩子们，对身边的矮个子女人勉强地笑了笑。

去给孩子们拿点吃的吧，怪可怜的。

女人在男人的搀扶下，缓缓朝船舱走去。

矮个子女人从舱里捧来一大把矿泉水、汉堡包，还有鸡腿等食物,撒到孩子们的面前。

吃吧！孩子们,那是好心的阿姨送给你们的!

老太太猛地怔了怔,刚要起身,老头一把按住了她。他拉着一个大一点的男孩蹒跚着走到女人的面前,男孩乖巧地跪在她的面前使劲地磕起头来。

这可使不得!使不得!

女人赶紧拉起了男孩。

你们老家是哪里的?

咱是河南人,老头子本来在商丘一家工厂当门卫,原指望他的一点工钱好歹还能养活一家子,却碰到这该死叫啥金融风暴的,小厂倒闭了,实在没法子,只好到岛国来奔个活头。

唉!大姐,我也是河南人,我们乡下人活得实在不容易!

啥?妹子也是河南人?

老太太那浑浊的眼睛顿然清亮起来。

大妈,你们老两口现在带着这么多孩子到岛国奔活头,实在是太难了。有没有想过把孩子抱掉一个?

想是想过,就是找不到好东家。

我家太太就想抱一个。

啥?你家太太要抱孩子?她这是……

太太身子骨虚,结婚这么多年了一直没有孩子!想抱一个在身边闹腾闹腾,冲冲喜,就是没合适的。

那把阿毛过继给她吧!

阿毛是孩子中年岁最大的那个,生得眉清目秀,一看就是一个讨人欢喜的主儿。

那个女人一见阿毛,果真欢喜得不得了,拉着他的手一个劲地往他衣兜里塞零食。

过了一会儿，老太太拉着一个稍小的男孩走到女人面前。

太太，阿毛他爹在世时千叮咛万嘱咐，说他是咱老张家的长孙，就是饿死了也要让他将家业撑起来。把他抱掉了，他爹在地下咋闭得了眼呢？

老太太一把将那个名叫阿毛的男孩推到她的面前。

这老二底子最老实，一定会听先生太太话的。

女人拉过男孩的手，左看右相，微微颔首。

你这死老太婆，咋能将男孩抱掉呢？忘记儿子媳妇闭眼时是咋说的？

船尾，老头大声呵斥着。

我想把他们都好好带大！看看眼下的景况，我们能带得了他们吗？

老太太委屈地哭出声来。

还是把小翠抱给她们吧，妮子养大了也是人家的媳妇，还是让她跟着有钱人奔活头去吧！

老太太撩起衣袖抹着眼眶子，蹒跚地拉着小翠敲开了头等舱门。

太太，咱老家不兴将男孩抱人的！您真待孩子好的话，就把这最听话的丫头带了去吧？

女人有点不快，但没有说什么，拉过小翠细细地打量了一番。小丫头脑后那两绺随便扎起的头发像公鸡尾巴一样，走起路来，一跳一跳的。一丛稀疏而干枯的刘海，像小鸭的绒毛点缀在突兀的额头。圆溜的脸庞虽然有点脏，但还是掩不住清秀的质地。

好吧！就这个女孩吧！你们放心吧！我和先生待她会比她亲生爹娘还好的。

可过了没一支烟工夫，老头拉着老太太又敲开了头等舱门。

太太，实在舍不得把丫头抱人，咱两把老骨头出来时在她爹娘坟头烧过香的，发誓一定要把他们养大成人，决不能抱人送人！咱今年快70了，等把他们养大，也只有80多一点，只要咱有一口吃的，决不会饿了他们。

老太太拉着丫头的小手直朝舱外蹒跚着而去。

大爷，你们带着这么多孩子以后咋活呢？

那个矮个子女人跟着跑出舱来。

老头抬头看了看正从头顶悄然漫过的金塘大桥，指着远处忽隐忽现的建设工地信心十足地说——

咱在老家就听儿子说过，从今年春天开始，岛国又要造很多很多的大楼了。咱这两把老骨头只要肯干，养活孩子们不成问题。只要全家能在一起，吃点苦受点累又能算啥？咱认了！

临下船时，那个男人急匆匆跑到船尾，将一张名片塞到老头的手里。

大爷，你们老两口拖儿带口的到岛国奔生活，实在太不容易了！以后有啥难处就直接来找我，我的塑料厂刚好要招个老实勤快的门岗，地址和电话都在上面，您可得收好了！

老头捏着那张硬邦邦的纸片，看着船外那宛如轻纱薄镜般暖暖的海水，老泪直在眼眶里打转，他抖动着瑟瑟的嘴唇，却始终说不出一句话来……

当 归

聪敏拿起凉勺朝沸腾的当归杞子汤里加了一瓢水，抬头看了看遮阳伞外，只见昏黄的灯光下，雨丝还在淅沥沥地下着，她抬手看了看手表，都快 12 点了，在以往这个时段是生意最红火的时候，今晚可能要到此结束了！

聪敏的小摊设在市立医院和一家购物商城的交界处，加上旁边还有电影院游戏城，来来往往的晚客众多。聪敏人很实在，长得也清秀，加上她做的当归杞子汤味道独特，吸引了不少刚看完夜场或打完游戏的少男少女前来光顾。

雨越下越大，街上的行人更加稀少，偶尔会有人打伞踩着水渍啪嗒啪嗒从她的小摊走过。

唉，都是这雨给闹的，把今晚的生意给搅黄了。

聪敏拉开抽屉，数了数散乱的钞票，无可奈何地苦笑着。

今晚恐怕没生意了，明晚再继续吧！

打定主意，聪敏开始将锅碗瓢盆归拢在一起，这是收摊的前奏。

这时候，前面走过来一个人，踩水的声音很响，大抵是穿着皮鞋，那个人穿着一件黑色风衣，打着一顶黑色的雨伞。

给我来一碗当归杞子汤。

聪敏一怔，手上的漏勺咣当掉在地上，她猛地抬起头，顿时愣住了。

聪敏,我回来了!

她满噙泪水,迷离的眼神从那一刻开始始终就没有离开过眼前这个男人。他两鬓添了一道道华发,多了一副金边眼镜,额头有了几横皱纹,没变的是他的眼神和声音,眼神依旧温和,像一江的春水,声音依旧磁性,充满了心与心碰撞的魅力。

这是一次刻骨铭心的偶遇么?还是一次大江东去的邂逅?

早春是醒来时床头的新衣裳。

红纸花开满的窗。

早春是少年心中不羁的张望。

头也不回的远方。

远方是传说中的太美丽的去向。

不由分说地流浪。

远方是一路上坎坷后的坚强。

别去问清泪两行。

谁可以挥挥手就能忘。

谁将他乡是故乡。

谁能月色如水不去想。

妈妈鬓角飞的霜。

远方是传说中的太美丽的去向。

谁可以挥挥手就能忘。

心中的乡愁微漾。

又是一窗早开的盼望。

当归啊你快回家!

当归啊你快回家!

当归啊你快回家!

这是她当年亲手抄写的一首诗,送给即将去美国留学的他,十年后的今天又从他的口里吟出，仿佛说不尽的痛，仿佛道不尽的无奈。

什么时候回来的？

已经有一个星期了。

你是怎么找到这里的？

我问了很多人才找到的。十年了，我在美国无时无刻不在思念你！没有你，我是完不成学业的！

她低着头，紧拧着发辫，抿着嘴没有吱声。

我去美国留学头两年的费用是我爸爸妈妈资助的，自从他俩离婚后，都不愿出钱了，如果没有你给我的钱，我是不可能完成后来的学业的！我很珍惜你给我的那些钱，生活虽然清苦，也始终不敢乱花。为了生活，我完成学业后进入美国一家大公司工作，每天的工作节奏很快，所以没有给你写信，等生活稍微有点安定后，再写信跟你联系，都是泥牛入海，始终没有回音。

你走后的那年，我老家就被政府拆迁了，但爸妈没能等到住进新房都生病死了，我卖掉了一套房子给两个弟弟装修了新房，娶了媳妇，剩下的钱都汇给你，希望你在美国能够安安心心留学，学到真本事。

昏暗的灯光下，聪敏一直看着他，一脸的无奈。

看着她那张憔悴的脸，他的心都快碎了。

在美国，功成名就的他婉拒了公司高管詹姆斯.U 的盛情挽留，也断然回绝了邻居琼斯太太保的一桩大媒，女方是佛罗里达州议员的千金，也是他在耶鲁大学的学妹 Ava。Ava 是一位漂亮但又保守的美国女孩，她在大学里就已经对他这位来自大洋彼岸的学长非常仰慕，但她始终未敢表达，那天，琼斯太太特意找到他提起此事，他说美国是他的驿站，而 Ava 说美国是驿站没关系，中国也可以成为她最喜欢的永久居留地。意思已经够清晰了，最后他只能说，在中国，他已经有了未婚妻，她的名字叫聪敏。

为了聪敏，他放弃了美国优厚的待遇，决然回来了。这次见到聪敏，已经有了一种一夕是百年的感觉。但他却始终没说。

他从怀里掏出一个钢笔盒子，里面装着一支当归，泛黄的身子，长长的胡须，依旧是十年前的模样。

这么多年，你还把我送你的当归带在身上？当初我看你的身子骨弱，给你补补身体，想不到你还没吃。

我舍不得吃，看见了它就像看见了你，每次工作遇到不顺心的时候，我都会将它摆在自己的面前说，聪敏，加油！为你！为我！所有的困惑都烟消云散了。

傻瓜！当归哪有这么大的动力？你知道当初我为啥要送你当归吗？

槟榔一去，已过半夏，岂不当归耶？谁使君子，效寄生缠绕他枝，令故园芍药花无主矣。妾仰观天南星，下视忍冬藤，盼不见白芷书，茹不尽黄连苦！古诗云：豆蔻不消心上恨，丁香空结雨中愁。奈何！奈何！这是古人写的，你说你送我当归为何？难道真的是给我补身体？你是让我当归！

这次你不走了？

不走了！永远不走了！

说完，他将当归一片片切碎，撒进沸腾的锅里，然后舀起一碗，用调羹舀了一勺送入口中，细细咀嚼起来，甜甜的，暖暖的。

弹涂鱼

　　海琴房间的窗口刚好对着海涂，一探头就能看见一条条可爱的弹涂鱼在浑浊的泥潭里交揉戏耍着，看着看着，突然，她感觉自己和海刚不正是其中两条相互缠绕的弹涂鱼么？

　　海刚明天就要起程了。

　　这次他要去的地方是南非港口城市伊丽莎白，他和公司签订了三年的劳务输出合同，将去那个遥远而陌生的国度从事金枪鱼作业。

　　这次机会比较难得，他比谁都明白，这么多年学上下来，本就不充裕的家背了不少外债，但主要的还是海琴的脑瘫病。他曾在心里默默发誓，有了钱，第一件事就是带她去上海的大医院动手术，无论花多大代价，一定要把她的脑瘫病看好。

　　自打懂事起，海刚就听别人说，海琴的脑瘫病是因他而起的。海刚不知道内情，就去问爹，爹是个憨厚的渔家汉子，个子不高，却是他的偶像。

　　爹，问你一件事，行不？

　　傻儿子，看你说的，对爹咋这么客气？

　　海琴的病是不是我的原因？

　　不是！咋会是你引起的呢？别瞎说！

　　别人都这么说。

　　别听他们乱嚼舌头。

爹执意不说，海刚也没深入细究。

他最终知道海琴的脑瘫病是由他引起，是在和爹谈话后不久的一个夜晚。

高考时，海刚考取了省一所重点大学，过几天就要去省城报到。海琴的爹来到海刚的家，这是他近段时间第三次来海刚家了。第一次是刚发榜的时，海琴的爹赶着一头大肥猪，拎着一只大胖鹅来到他家，说大侄子考上了大学，长了咱渔鸭子的威风，特意来祝贺。第二次是前几天，两个老男人钻进里屋嘀咕了老半天，不知道究竟在嘀咕些啥。

他和海琴从小青梅竹马，不仅因为两家大人是同门师兄弟，更主要的还是他们两人从小就是同学，直到高中，海琴因为脑瘫扭曲了脸形，不想再继续上学了，为这事，海刚曾多次跑到海琴家做了大量的思想工作，最终还是因为她的固执而作罢。

那晚，因为实在太好奇，他就趴在窗头下偷听。

五岁那年，玩耍时，他不小心掉进了一口干枯的深井，正在一起玩耍的海琴一边大声喊叫，一边也跳下井去，等大人们救起他们时，先前掉落井去的他一点都没事，随后跳入井中救他的海琴反倒由于头部先落地，损伤了脑神经，从此落下了头部和双手不定时抖动的脑瘫病。他爹当时就一口答应说，无论闺女以后看好还是看不好，就给他家做媳妇了，一心一意照顾她一辈子。

临去省城的那一晚，海刚在海琴的房间一直待到深夜，他紧紧握着海琴的手说，我这次选择的是水产专业，等大学毕业后一定回家乡工作，我想和你离得近些，那样，就可以好好照顾你了。她微微张嘴想说些什么，可最终啥都没有说出来，两眼肿得像刚刚涂抹了胭脂一样的绯红。后来据她的爹说，那夜，海琴蒙着被子哭了整整一晚上。

海刚走了,海琴没法去车站送他,只得委托爹将一只盒子塞进他的旅行袋。海刚打开一看,只见一条雄性的弹涂鱼将另一条雌性弹涂鱼紧紧地缠绕着。那是她花了半个月时间在床头边用树根雕成的,做工与其说毛糙,不如说朴质更合适。

大学毕业后,海刚放弃了省城优越的工作环境和另一个女孩的爱情,他曾对那个女孩说,优越的生活是每个人都憧憬的,可在海岛上还有一个比她更重要的人需要他去牵挂去呵护。

海刚被一家渔业公司聘作文秘,工资不高但很安逸。三个月后,他申请到了一个去南非的名额。他迫切需要一笔不菲的钱,有了这么一笔钱,就可以带着海琴到上海请专家为她做手术了。

大学时,他曾经查过不少资料,咨询过不少的专家,凭现在的科学,脑瘫是完全可以治疗痊愈,更何况她的病是后天不稳定因素造成的。专家说,只要不是遗传基因造成的,成功的概率就大了许多。

去南非的批文终于下来了,他没有带任何行李,只是在那座弹涂鱼的雕塑上深深地吻了一下,然后轻轻放入随身携带的包中……

海刚走了,海琴的心也跟着被带走。

每个月初,她总会接到一封贴着从未见过的外国邮票的信笺。海刚写信有他的风格,从不多写,每次都是"多想想希望,等我回来!"等鼓励的话语,但对于海琴来说,这已经足够了。

两年后的一天,突然有两个陌生的人来海岛找海琴,他们交给她一包东西和一张写着 30 万美金的存款单,海琴抬起微微抖动的头。

他呢? 他啥时候回来?

他不会回来了!

咋啦？

海琴突然感到一丝恐慌，捧着包裹的手开始剧烈地抖动起来。

你听了千万不要激动！他死了！他在下海割缠绕螺旋桨的渔网时,不幸碰到了大白鲨……

那两个人禁不住哽咽起来。

不！他不会死的！他说好要回来带我去上海医病的……

海琴撕心裂肺地号啕起来，她猛地掀开枕头，抓起一把信笺。

他刚刚还给我来过信！他不会死的！他不会死的……

他是老轨,本来是不用下海去割渔网的,是他说要多赚点钱……这些是他唯一的遗物。钱是他这些年赚的,另外的赔偿金公司正在向南非方交涉,等处理完后,我们会第一时间和你们家属联系。

海琴抖着双手拆开了包裹,那个弹涂鱼雕塑滚了出来,只见一条雄性的弹涂鱼将另一条雌性弹涂鱼紧紧地缠绕着，她静静地盯着它。良久,她抱着雕塑突然号啕大哭起来……

消　失

踏上轮渡的第一步,总觉得周围有无数双眼睛在盯着我。我有了一丝丝的后悔,后悔不该踏上轮船的甲板,后悔不该那么认真，后悔……但所有的后悔被炽烈阳光的烤灼下马上就消失得无影无踪了。

　　我是最后一个上船的。一股热浪将我推入了船舱中,舱里到处都挤满了人,虽然轮渡上开着清凉的空调,但一股股浓重的汗酸味和着南腔北调还是在拥挤的人群中四下弥漫着。我烦躁起来,我紧紧搂住挂在胸前的那只黄色帆布背包使劲朝中舱挤去。中舱也早已人满为患,连我花钱买的座位也被人占了去。一个戴着金丝眼镜脖上套了一根发着闪闪寒光粗壮项链的人,坐在我的座位上正悠闲自得地哼着小调剪着指甲。我捏着票子挤到他的跟前轻声地说:"老板,你坐的座位是我的,能否……""啥?这座位是你的?"他抬起头看了看我,咧开满嘴的金牙嘲笑似的说:"座位是你的?你问问它会不会应你!有本事你问问!"他躬起身拍打着座椅。我涨红着脸再次辩解:"真的是我的,不信你看看票子,明明是三排二座。""金丝眼"夺过票子瞟都没瞟一眼,就撕了个粉碎一把摔在我的脸上。我的脸涨得更加红彤了。我这人就是这样,每次受到老板和工头奚落的时候,话还没说上几句脸色却会立马红涨起来。我拳头捏得咯咯响,恨不得一拳揣到"金丝眼"的脸上,揍他个鼻青脸肿,让这个有钱的"文明人"也长长记性……

　　"怎么?你这叫花子也配坐豪华舱?"

　　"我,我……"在有钱人面前,我每次总会紧张得结巴着说不上一句完整的话来……

　　是的!我现在衣衫褴褛,确实就像一个叫花子。我曾经在一个工地上干苦力,老板和工头让我干最重最累的水泥运输工。每天和工友一起将数百吨的水泥从运输车上卸下,再背到一间大仓库里储存。那天,由于劳累过度加之发烧没吃早饭,肩上的水泥袋犹如金刚石般的沉重。在跨那条水沟的时候,我一个趔趄连人带水泥一起翻到臭水沟里，工友们纷纷掼掉肩上的袋子来搀我，戴眼镜的工头拿起一根废旧的发动机皮带对着我夹头夹脸地抽打着，我在水沟里痛苦地翻滚着……工头凶狠地呵斥其他工友："如果谁敢浪费半点水泥，他就是你们的下场！"我鼻青脸肿四下摸找掉落的眼镜，工头用脚狠狠踩了几下，将断了腿的眼镜架到我的鼻子上拍拍我的脸恶毒地说："小子，你给老子长长记性，不要撒花样来怠工！"我筋疲力尽地倒在臭水沟里，半晌都爬不起来。那时，我连杀人的心都有……

第二天，我一瘸一拐去老板那里结账，说家里老母亲生病需要钱医治，这段时间就不干了，先把以前的账给结了。老板一把将我踹出了办公室，说我先违反合同，一个子都甭想要！

我找了许多说理的地方，但始终说不上理。我要说理！可哪里是说理的地儿？

我是一个文弱的书生，如果不是母亲和老婆生病，是断然不会放弃在村小学做代课老师而跑出来打工的……

"这座位真是我花钱买的！"我再次据理力争。"金丝眼"打了一个响指，邻座站起一个身材魁梧的男人，他冲过来一把将我摔倒在过道里，皮鞋脚头狠狠地踢了过来。我的手伸入怀中，我真想摸出一把尖刀戳进这人模狗样的"金丝眼"那肥嘟嘟的肚子里……旁边一个戴眼镜的小姑娘一把推开他们，将我扶到她的座位上："叔叔，你不要和他们理论了，还是坐我的座位吧？"我的手慢慢地从怀里抽了出来，我感激地对小女孩笑了笑。"叔叔，你一定被别人欺负惯了。但你千万不要失去信心，一切都会过去的。"她从包里翻出面包和矿泉水递到我的手里，"吃吧，看样子你一定是饿坏了。"她用纸巾擦拭着我流血的伤口和污秽的镜片："等会下船后去药店包扎一下，否则要发炎的！"对着这个乖巧的戴眼镜的女孩,我的眼睛莫名其妙地模糊起来。世上毕竟还是好人多呐! 同样都是戴眼镜的斯文人,差距可咋那么大呢?

轮渡鸣着汽笛徐徐靠岸,我拉着眼镜女孩来到船尾。船尾空无一人,当着她的面,我脱下身上那件挂满了雷管和炸药的马甲,毫不犹豫地将它扔入了汹涌澎湃的大海,我紧紧握住眼镜女孩的手激动地说:"孩子! 本来我们坐的是一艘已经消失了的船,谢谢你! 是你让叔叔懂得了生活的信心和勇气。你救了大家! 当然还有我! 你是一个安琪儿! 一个小天使!"我尽量把话说得婉转点。

"我们坐的是一艘消失了的船? 我救了大家? 我是安琪儿? 小天使?"眼镜女孩不断用手推着下滑的眼镜,稚气地盯着我,哈哈地笑着,清纯得像一幅美丽的画儿。

爆　料

那天一大早,我上班路过环城南路的护城河时,只见河堤上人山人海围了个水泄不通。我原先还以为一定是有人用电网麻到了一条大鱼,或者又发现了一具无头女尸,因为上个月就在那个位置曾经发现过一具被罪犯大卸八块的无头女尸,听说警察到现在还没破案呢。

那次发现女尸是我向报社爆的料,还得了一百元的爆料奖,用奖金买来"阳澄湖"毛蟹的鲜味还没过去,今天又发生了一起大案子,先打探一下然后再向报社爆料,否则别人就会捷足先登。等我挤进拥挤喧哗的人群后,才发现根本不是啥无头女尸,而是有一个女人投河自尽了。

只见河堤上的人围了里三层外三层,都在看一个穿着白裙子的女人在冰凉的水中"扑腾扑腾"挣扎着,可就是没见一个人下河救人。

"这个女人我老早就注意她了,早上我到河边晨练,她就在我下风不远的地方,想不到会突然跳进河中,要不然我会劝劝她,有啥大不了的事非得拿自己性命……"一个秃顶的中年男子正唾沫四溅地向周边的路人不停地介绍着"案情":"唉,可惜啊可惜,这么年轻就寻短见,我一个老头还想多活几年呢。"

"是不是给她扔个救生圈下去?"旁边一个漂亮的女人招呼着自己的老公,"阿德,咱家不是有一只女儿学游泳用的救生圈么?你赶紧回家拿去,否则那个女人真的会淹死的。"

"啥?叫我回家拿救生圈?这么远的路,等我拿来她老早就淹死了。"那个男的说着话眼睛始终没有离开水中的女人,他突然想起了什么,"救生圈早就没气了,晚上你的宝贝女儿还要去学游泳,等一下我还得把气帮她打足了呢。"

"阿呆!你还不下河去捞她,捞上来就给你做老婆!"

"算了!我又不会游泳,如果下去救她,人没有捞上来,自己反而淹死,叫我到阴间和她做夫妻啊?你这不是存心害我吗?"阿呆用手在同伴头上使劲乱敲。

"这个女人我认得,老公是撑大船的,经常出门在外,可能养了小白脸被人骗了钱,对老公不好交代,只好走这条死路了。"一个衣着华丽的女人自言自语地说,"唉!作孽哦作孽!真的是作孽!"

……

台风眼

在水里不断扑腾的女人境况越来越糟糕，苍白的脸色，不断地咳嗽，两只手还在水里不断地剧烈地晃动着。岸上的人越挤越多，但就是没人跳下河去救她。

我看着岸上每一位看客的表情，有笑的，有紧锁眉头不语的；我听着岸上每一位看客说的话，有出主意的，有评论的，更多的是无谓猜测的……这样下去可不行，时间一长，那女的非死不可。我犹豫了一下，但还是迅速脱掉了身上的毛衣，摘掉手表，掏出手机，掼掉鞋子，然后选了个自感没碎玻璃容易行走的地方下了水。河水其实不深，我预测最深处顶多不会超过两米，但就是刺骨的冷，我的上下牙齿"咯咯"地打着架……我缓缓游到那个女人的身边，一把扯住了她的毛线衣，顺势将她直往岸边拉，神智已经不清的女人并没有拒绝我救她，而是本能地拉扯着我的背心和手臂，我的手臂被她尖利的指甲划出了一道道血痕，我浑然不知道疼，吃力地推着她向河岸靠近。最后，在接到报案匆匆赶来的消防队员们的帮助下，七手八脚将那女人拉上了岸，我蹒跚着在淤泥中缓缓走着，就像是一只瘸腿的孔雀孤独地吃力地跳着伦巴。当我在一个好心人的搀扶下，在淤泥中最后一次拔出腿的时候，我松懈的裤子被淤泥彻底地带了出去。娘啊，我的那副铮亮的不锈钢假腿暴露在大庭广众之下。闪光灯在面前不断闪烁，把我的眼都照花了……记得当时我是用那只健全的腿跳跃着蹦上河堤的，那条笨重的不锈钢假腿彻彻底底成了一道刺眼的摆设。

所有人鸦雀无声、逐渐散去。

通过晚报的渲染，我成了一个英雄，还被市政府评为了见义勇为先进个人。但我心里很是羞愧，为啥说羞愧呢？原因就不说了，因为大家心里比我更清楚。

船过浪岗

在烟波浩渺的东海深处，耸立着三座连在一起的黛色小山，那便是著名的浪岗岛了。"浪岗、浪岗，无风三尺浪，有风浪过岗。"从太平洋喧嚣而来的海浪，率先在浪岗山的罅隙中撞得粉身碎骨，然后便迅猛地朝岛的四周喧嚣着奔腾而去。在渡船上，听撑船的老渔民讲，浪岗最大的浪竟能蹿出海面十许丈高，把我们这些将要去浪岗的人说得心都陡地吊了起来。

刚踏上浪岗，我们就被眼前的景象彻底惊得目瞪口呆了，始终难以把老渔民所说的那席话联系在一起。只见整座浪岗山峦起伏，层峦叠嶂，山的身影在蔚蓝的天幕遮掩下显得异常的雄伟挺拔。岛上的建筑简直就是一座海上"布达拉宫"，一排排石头房子沿着山体，层层叠叠地垒在一起。站在岸上远远眺去，"布达拉宫"那海市蜃楼般的景象逐渐飘浮起来。林林总总、忽大忽小的石头面朝大海、错落有致地排列在房顶上，只要靠近细看，就会猛然发觉，那些石头其实就是一个个静止的人，有的安详端庄，有的怒目而视，有的似乎在沉思，有的满脸横肉、杀气腾腾……岛上的渔民告诉我们，那些石头其实是为了防止台风来袭时瓦片被暴风掠走才压上去的。于是我们就想，台风来袭时的季节会不会就是小岛最苦难的时候？

晚上，我们投宿在岛上最东端的一家渔人客栈里。深夜，我们被一阵发疯似的狂飙惊醒了，"呜呜"的怪叫声就像千百只鬼在泣、狼在嚎，凶狠狠地摇着窗棂，将门轴撞得"嘎嘎"响。打开窗一瞅，借着闪电，只见整排整排水泥电线杆横七竖八地倒在海边，海浪发出巨大的喧嚣声不断地向码头、礁岩冲刷过来。又一个霹雳当头打下来，好像山崩地裂一样，感觉整幢房屋都在剧烈晃动，心都给震麻了，耳朵"嗡嗡"直响。窗前树影狂舞，仿佛有人在绝望中疾呼救命一般。我们不能完全形容当时可怕的情景，总之，看到这番景象，使我们不得不产生了对海龙王的敬畏之感。

大海，妩媚时像个多情的姑娘，翻脸时却成了一个怙恶不悛的夜叉。在我们的眼里，浪岗岛成了一座变幻莫测、情绪激动的汪洋小岛。

这次上岛，我们都怀着同一个使命，那就是考察岛上那座唯一的学校——海娘娘小学。第二天，狂风暴雨终于平息了。在一个年长渔民的指引下，我们踩着方条砌成的台阶，攀上了岛西那座海娘娘小学。听老渔民讲，学校原本有五位老师，岛上条件实在太艰苦，就接二连三地全走了。没了老师，学校只好暂时关闭，岛上的孩子成了一个个到处疯玩的小野人。

海娘娘小学建在悬崖上，每间教室只有一道门，没有窗户，更没有操场，没有旗杆，只有那只锈迹斑驳的小敲钟孤零零地挂在屋檐下随风飘摇着，仿佛在向每一位到此的行人诉说着内心的痛楚和沧桑。我们每个人紧锁着眉头，心揪得紧紧，始终没有说话。上岛前，曾听教育局主管人事的刘处长说，浪岗岛上的教育条件比较艰苦，可现实竟然比想象还要来得悲催。

老渔民又告诉我们说，岛上现在最缺的是淡水，大伙平时洗刷用的只能靠天落水，每家每户的屋顶上都安装了一个积水的盆，然后用管子通到蓄水池。我惊讶地问，那要是长期不下雨怎么办？这个你们不用担心，咱浪岗岛是"风的故乡、雨的温床、雾的王国、浪的摇篮。"每次快断水的时候，狂风暴雨就会过来袭击，有时候渔民的损失会很严重，但带来更多还是救命的天落水。这就是奇怪的浪岗。

我们用吊桶吊了几次都没打上水来，原来那吊桶是渔网浮漂做的，圆圆的，怎么也使不上劲。可老渔民却轻而易举地吊上一桶天落水来，清凉清凉的。现在如果要说这浪岗岛上还有什么能吸引我们的话，那也许只有这清冽可人的天落水了。

从海娘娘小学出来已近晌午，本来约好来接应的海军登陆舰因故不能来了，我们只好选择到浪岗码头乘快艇回岛国。

赶到码头，离开船时间还有 1 个多小时，游客们已经开始排队下船，我们挑了一排靠窗的舱位坐下。适逢涨潮，窗舷刚好和码头齐平，合着潮水的节拍，船像一个跳着桑巴的姑娘，微微起伏着，我们也开始有节奏地晃动起来。此时，码头上涌过来一群十一二岁大的孩子，有好几个还拖着长长的鼻涕，他们趴在船窗边使劲朝我们喊，叔叔阿姨，来一趟浪岗不容易，带点咱们的特产回去吧？说完，每一个孩子从身后拎出一只小竹筐，朝着船窗齐刷刷地倾斜着让我们看。

叔叔阿姨，弄一点尝尝鲜吧，你们城里可没有这新鲜的东西哦！这是我们送给你们的礼物。

送给我们的礼物？这就奇怪了！

竹筐里装满了芝麻螺、黄螺、女人花、佛手、海瓜子，还有刚刚撬下来的新鲜牡蛎……

那个估摸是带头的男孩一把扯住了旁边一个女孩的筐子。

二妞，快把宝贝拿出来给叔叔阿姨们瞅瞅。

女孩小心翼翼地从筐子里捧出一个色泽鲜艳的大家伙。

这是啥东西？

大伙好奇地将头伸出窗去。

这叫鹦鹉螺,是爸爸出海撒网时捕来的,听说还是个稀罕物呢。

鹦鹉螺? 我知道,这东西很名贵。

叔叔阿姨,这些东西都是送给你们的,请收下吧?

为啥要送这些贵重的东西给我们?

咱们渴望读书,咱们需要老师,现在老师都跑到岛国去了,咱们已经有半个月没有上学了。

你们怎么知道我们也是老师?

那个大一点的孩子朝我们憨厚地笑了笑。

咱岛上谁不知道你们是老师啊? 叔叔阿姨,咱们真的很需要老师了,没法读书实在太难受了,求求你们,来浪岗教教我们吧!

孩子们将海鲜和鹦鹉螺装进一个个预先准备好的塑料袋里,使劲塞进了船窗……

船徐徐离岸,每一个孩子都挥舞着手中的小箩筐,在码头上跟着船快速地奔跑起来,嘴里不知道究竟在喊些啥。

我们每一个人早已是泪流满面,趴在船舷都使劲喊,孩子们,我们还会回来的!

耳　环

今晚咋就这么奇怪? 耳洞又没堵,咋就穿不进耳环了呢? 平时上班前可不是这样的,洁面、润肤、修颜、遮瑕、戴项链、穿耳环……都很顺畅的。小雅急出了一身冷汗，这是老毛病了，每次一遇着急事，她就会出一身的冷汗，有时还会犯困。她看了看手表，六点半，和华刚约好见面的时间还有半个小时，但打车到华刚下榻的南阳国际酒店还得一点时间，已经很紧了！

小雅整了整秀发，然后穿上那件下午刚买的淡蓝色外套，这是华刚最喜欢的颜色了。接着，她拿起耳环，对着镜子又穿了起来，哎，见鬼了，就连这小小的耳环也这样接二连三地捉弄自己！"啪"！她气得一下子将耳环摔在了被子上。

最后见到华刚应该是在两年前的一次同学会上了吧？那天她刚好坐在华刚的身边，有些同学搂着他们起哄说，美女配英雄，天造一双，羞得他俩都抬不起头来了。记得那天听其他同学说，华刚现在不得了，听说和别人一起合伙开了一家红酒店，生意不错，是一枚足份足量的土豪金！那天晚上她和华刚撞衫似的都穿了一条黑色的皮裤，白色的衬衣。一些好事的同学在一旁边使劲起哄："在一起，在一起，在一起！"羞得小雅抿着嘴赶紧低下了头，而华刚则大方地一把搂住了她，"在一起就在一起！两个王老五在一起，谁怕谁？"虽然知道这都是同学们开玩笑，但小雅的胸口还是涌起了一阵甜蜜……

哎，好久没戴耳环了，怕是耳洞真的给堵住了，小雅双手摸了摸耳垂，咦，好端端的耳洞竟然摸不着了，小雅又急出了一阵冷汗。算了！虽然约会女人可以迟到，但迟到的时间不能太长，容易引起男士自尊心受伤。已经来不及了，她忙不迭地将耳环放进了盒子，拿起香奈儿在手背上喷了几下，嗅了嗅，然后朝脖子、耳根，以及胸口喷了几下，抖了抖领口，准备出门约会。

她关上房门，看见旁边跟自己合租的小关还在一个劲地趴在被子上玩微信，就径直走到她的跟前，摘掉她的耳麦说："小关，我现在出去一下，电瓶车在门外充着电呢，如果红灯亮了，帮我关掉啊！"

"这么晚了你还出去？干吗？"

"人家不是有事嘛！"

"有事？啥事？哇！香奈儿喷了最起码半瓶多，怕又是约了哪一位帅哥相亲吧？"

"没呢，是一位老同学刚从香港回来，大家不过聚聚而已。"

"对方结婚了没？"

"不清楚，还没吧。"

"你这是啥情报？军统的？中统的？还是延安的？要钓金龟婿，情报一定要准确！"

"你说的都是哪跟哪啊！人家不就是一起喝个茶嘛，还弄出个情报来，搞得像特务接头似的，至于吗？"

"至于的！你说我们这些剩女剩来剩去图个啥？不就是能让自己嫁个好人家吗？"

"不跟你贫嘴了，人家都快迟到了，你先玩你的，等我回来再向你汇报！"

"咦，你今晚咋不戴耳环了？这么庄重的约会咋能缺这个呢？"

小雅下意识地摸了摸自己的耳垂，平平的，仿佛根本没有穿过什么耳洞似的。

今天早上，小雅接到了华刚的电话，太意外了。华刚说你现在还单身？

嗯！

晚上有没有应酬？

没！

你还记得那年同学们都说我们俩是美女英雄，天造一双。

嗯！

所以我今晚想见你！

好！

南阳国际大酒店，晚上六点半，不见不散！

嗯！

自从接了华刚的电话后，整个上午小雅都会莫名地激动，也不知道为啥，自己三言两语就把这个貌似暧昧的约会给应承了下来。

走出家门，小雅拦了一辆计程车，七拐八弯就到南阳国际大酒店，一进门就看见华刚在楼下大堂的茶座向自己招手。

"真不好意思，我晚到了，刚才家里有事耽搁了！"

"没事！男士等女士，天经地义！"

华刚的话永远说得那么优雅，小雅心里喜滋滋的。

两个人边喝着咖啡，边天南海北地聊着，从学前班华刚被老师脱掉内裤揍屁股开始，一直到上高三时华刚拉着几位同学打着横幅抱着鲜花向美貌的英文教师求婚的闹剧结束。最后，华刚拿起一朵插在桌上花瓶里的红玫瑰递给小雅，神色暧昧地说："这里人太多了，还是到我房间坐一会吧？我有好东西给你看，你会更惊喜的！"

在两个人的世界里，还有惊喜的好东西，这难免太浪漫了吧？小雅畏畏缩缩地伸手接过那朵现成的红玫瑰，她还想在这已经坐热的沙发上多待一会，但还是不由自主地站起身子，木木地跟着华刚朝电梯口走去。

电梯在 17 楼停了下来，华刚打开电梯门，绅士地朝小雅做了一个请的动作，小雅抿着嘴，含羞地笑了……她不由自主地抬手摸了摸耳垂,平滑柔软,仿佛从来就没有打过什么耳洞似的。但她心里还是暗自窃笑,庆幸今晚没能戴上耳环。

关上房门,虽然没有开暖气,但房间里很暖和,整个空气夹杂着一股淡淡的清香,是她最喜欢的香奈儿的味道。她的心有点醉了。

华刚接过小雅递过来的淡蓝色外套,小心翼翼地用衣架撑好,然后整整齐齐挂在衣橱的钩子上。

"你想喝点啥?我这里有咖啡,蓝山、马来西亚白咖啡,也有雀巢,速溶的。"

"我喜欢蓝山,不加糖,谢谢!"

"OK!"

华刚殷勤地给她端上一杯热气腾腾的"蓝山",然后打开行李箱,从里面捧出一只精致的盒子,翻开一看,小雅傻眼了,原来是一枚铂金钻石戒指,这种款式的钻戒她曾在专卖店见过,属于女款钻戒典雅系列的,主钻分数最低也得有 40 分,这枚钻戒市场价最起码要超过两万五千元。初次见面,华刚就给自己送上这么贵重的礼物,这进度难免超快了吧?

其实,今晚赴约,小雅心里是有准备的,但华刚一见面就送给自己这枚心仪已久的钻戒,着实让她变得呼吸急促起来,我的天呐!接下来会是啥更大的惊喜?接吻?求婚?做爱?然后就是闪电式……小雅感觉自己都快窒息了。

"怎么,不喜欢这种款式?"

"不是!很喜欢!"

"后面还有让你更惊喜的呢!"

华刚又捧出一只红色锦盒,打开一看,和小雅心里原先想的一模一样,果真是一副耳环,还是 I-J 淡白式。这回小雅更晕了,这款耳环市价最起码要一万三千元一副。说实话，小雅天生就是一位耳环控，虽然以前曾经买过很多，但都是一些便宜的水货。她捧起亮锃锃的耳环，转身跑到洗手间的花镜前，对着镜子开始找起耳洞来，可越手忙脚乱，越是找不着。这时候，站在身后一直看着她找耳洞的华刚用纸巾擦拭着被潮气湿漉的镜片叹了口气说："这套系列的钻戒和耳环你戴上一定很漂亮！我现在是香港一家珠宝公司的营销员，如果不是董事长要考核每一个员工的业绩，我也不会大老远跑到国内来到同学们之间搞促销的！如果你喜欢，就算帮帮老同学买一套，价格八五折！这点权利你老同学我还是有的！"

小雅昏昏沉沉的，拿着耳环的手使劲哆嗦着，"扑哧"，耳环针竟然穿过了早已没有小洞的耳垂了……

结拜兄弟

一

那天晚上，友国开着他的那辆奥迪来我家，说委里今晚有联谊活动。我说是啥活动？跟我有关系么？

有关系！而且关系大得很！

啥关系？

还啥关系？你连自己现在有多大了还不知道吗？老兄，我和你今年都快奔三啦？你忘记了？

没忘！

没忘还等啥？

那还得有对象啊，四只脚的蛤蟆随地有，心仪的女人上哪找？总不可能到大街上随便拖一个来吧？再说了，那还得看人家愿不愿意。

今晚委里不是有联谊会么？听说女孩很多，而且都没男朋友。

你听谁说的？我眼睛一亮。

委团委小林书记说的。

那是得去看看。

不过说好了，我如果看上了哪个女孩你可不许跟我抢！

为啥？

咱们不是结拜兄弟么？而且你长得帅，晚几年结婚都没问题，我可不同了，我长得猥琐，罗圈腿，细眯眼，比巩汉林还细胳膊细腿。今晚你不能做主角，给我当绿叶，行吗？

哪有这么说自己的！

别管我咋说？到底行不行？

行！行！就你事多！不过你以后对自己可不能这么没自信，我在办公室里整日转来转去，属于吃闲饭一个。你是电信公司的工程师，怀里揣着香馍馍，工资奖金没人可比。对了，这次拆迁，你家分了几套房？三套总有吧？

分了四套，不过一套由爸妈做主送给了姐姐。

三套也够了，记住哥的话，以后做人要自信！有房有车的日子不是每个人都敢想敢有的！

那你答应做我的绿叶了？

必需的！到时候你谈你的，我谈我的，你看上的，我绝对靠边停车，这下总可以了吧？不过万一真有好事成了，你得找个上档次的酒店请我喝一顿！

高家庄总合你口味了吧？

高家庄？行！够档次。一言为定，到时候可别装作口袋工资都被你的那位缴枪不杀了啊！

哪能呢！

下次一定吃死你！

二

原先以为联谊会是谁都可以参加的，其实不然，是有条件的，得预先报名。我在机关工作，却不知道委里还有这么一个青春的联谊会，可能是前一段时间跟主任下乡去调研，信息闭塞的缘故。

到了现场，我才知道我是以凑人头的身份参加的。联谊会原定男生 50 位，女生 50 位，但最后一位报名的男生昨天因出国公干没法参加，团委小林书记让友国再带一个，他就想到了我这个最要好的王老五。我是一个不善交际的大男生，这也是三十而立还是单身的最大原因吧。

联谊会设在委办公大楼 25 层的会议室，这是委里最大的会议室，将桌椅靠边放后就成了一个偌大的大礼堂。场地装饰得也很温馨，不做作，顶上没有放置彩花彩带，只是正前方张贴了一张 6 米见长的横幅，上面红底黄字写着"鲜花五月，相约新城"八个大字。那天到会的男女都很靓丽，就连平时猥猥琐琐的友国也不例外，西装革履大背头，整一个暴发户的形象，根本看不出丁点工程师的痕迹。而我就随意了很多，一套牛仔服，里面套了件白色圆领 T 恤，这个形象倒成了我是开那辆奥迪车的司机，而他却是后座上稳稳养神的那个人。

一进会场，我们俩找了地方坐下，我看了看桌上的嘉宾牌，上面密密麻麻写满了名字和单位。工作人员办事还挺有心的，但为啥没留电话号码？

我找了一个工作人员，问她：上面为啥不写大家的联系方式？没有电话，到时候上哪联系去？

笨死，没成联系啥？有了印象和感觉，你自己跟人家要手机号码呀！

这倒也是，人家对你没印象，你对人家没眼缘，你再去联系，那跟骚扰有啥两样？

小林书记在台上简单讲了几句冠冕堂皇的开场白就宣布联谊会正式开始了，觥筹交错、翩翩起舞、私下交流……大伙忙得不亦乐乎。

友国人呢？刚才还在身边，怎么一眨眼就不见了？酒杯也没了。我端着酒杯边喝边四下观望。这小子还真是一朵红花，居然跟一位身穿白色连衣裙的美女在角落里窃窃私语，说到情深处，那个美女还不时抿着嘴害羞地笑了。哎，还是这小子厉害，转眼工夫就和美女搭讪上了，看样子还戏份十足。

过来一会，友国朝我一个劲地招手，我只得拿起酒杯挤了过去。她从椅子前站起来，轻盈得像一只蝴蝶，只见她身上穿了一件白色的晚礼裙，绸面的长裙轻裹着她纤柔的身躯，如水波般从身上流淌及地。抹胸的长裙上用细小的珍珠拼成一朵朵小巧的珠花，散落在裙边四周，淡雅而高贵……我傻眼了，相信友国也更傻呆了。

她说她叫小玲，在国土局上班，属于文秘那类的，今年26岁，新城本地人。最后还说认识我们俩是她的荣幸。然后三个人互换了手机号码，还加了微信。

三

回家的路上,我跟友国说那个女孩根本不适合他。

哪点不适合了?

我说不适合就不适合! 你们俩根本不在同一个档次上。

是不是你看上人家了? 故意不落我的好?

哪能呢? 你是红花我是绿叶! 这点哥是分得清清爽爽的。

那你为啥对我这般不看好? 你说说看我哪点配不上她?

这个我还真说不上来。

你这人平时话多,紧要关头掉链子,卖关子,是不是又要敲我的竹杠?

这顿豪餐我已经记下了,你说你还跑得了么?

我妈逼得紧,没办法! 对象不用相貌好,只要人实诚就成!

小玲实诚么?

实诚!

你喜欢么?

喜欢? 不喜欢还是男人么?

这倒也是,像小玲这样类型的女孩哪个男人都喜欢!

那你喜欢么?

喜欢! 哥也是男人!

喜欢归喜欢,小玲你可不许跟我抢!

哪能! 哥不会抢兄弟的心爱之物。

我看不一定, 刚才看你的眼神很暧昧, 眼珠子都快掉出来了。

说啥呢? 漂亮的女人在我眼里那都是一件艺术品,艺术品放在我的眼前还不会惊艳?

那说好了，你只能欣赏，不能搞动作！

你看我啥时候说话不作数了？

作数，作数！

作数就好好开车！

唉，哥，我还是不信你！

兄弟，就算哥求你，好好开车！

那你真的要作数啊，要对今晚的话负责，我好好开车了！

傻小子，这么不自信，还想搭讪美女！哼！

四

小玲的手机号码，我已经背得滚瓜烂熟了，但就是不敢打。你说这第一次电话该咋打？我心里确实没底，打得好可以拉近距离，打不好就会让她产生一种轻浮的感觉。行动有时候需要勇敢，需要机会，就像买彩票，不买，就没有中大奖的九千万分概率，买了就有一点点独占鳌头的希望。但这个电话对我来说确实很纠结，一边，友国是最好的朋友，已经三番五次恳请我做绿叶不能奢望当红花，带球不能越位过人。一边是小玲确实挺适合我的，无论是相貌，还是举止谈吐都甚合我意。太煎熬！太纠结了！三十而立居然会遇着这事，我脑子有点懵了。

但机会还是早早地来了。

那天下午有个亲戚来单位找我，问我国土局有没有认识的人。我说遇到啥事了？他说家里造房子批文在国土局那关卡了，想找个人问问其中的缘由，好预先做个疏通。我说有的，不过是个普通办事员，可能不会有很大作用。可他说行的呀，要不帮着问问看？亲戚很亲，是姨娘的儿子，我的表哥，没办法回绝。这不是由头来了么？我拨通了小玲的电话。她还记得我，说这点小忙她会帮着问的,叫我表哥放心。最后我说下次请她一起吃个饭,电话那头, 她好像犹豫了很长时间, 然后说这顿饭还是由她来请,她说想找我聊聊,有件事请我帮忙。帮忙? 我有啥事可帮你的? 问她,她却嘻嘻哈哈就是不说啥忙。

我心里暗暗窃喜。

五

星期五晚上她打电话过来了,说在我最喜欢的高家庄订了一个小包厢,就我和她两个人,我一听心脏都快跳出了胸腔。太意外了,一男一女,小包厢,烛光晚餐……

下班后, 我去了附近的一家美容中心剃了一个特别精神的头,趁着时间还早,顺便拐进旁边的银泰买了一套灰色西服,打好领带,试衣镜前,西装革履,精神满满,派头十足,我对自己今晚的打扮相当的满意。

可以了,可以出镜了!

高家庄在绿城大酒店旁边, 走几步就到了, 我是散步过去的。一路上我老是在想同一个问题,小玲今晚为啥请我吃饭? 一见钟情地看上了我? 帅哥配美女,天经地义! 但友国咋办? 多年的兄弟情谊该放在啥位置? 人是自私的动物,这话一点都不为过。每每想到这里,我的心里就会产生一种怀揣金银财宝走起路来蹑手蹑脚的贼骨头感觉? 我啥时候成贼骨头了? 现在就是! 啥时候忘记兄弟情谊了? 现在就是。啥时候心开始动了! 现在就是!

走进小包厢,小玲已经等在那里了。

今晚的小玲更加别致,她穿的纱裙刚好没过膝盖,腰间软软地系着一个丝质蝴蝶结。头发很长,一直垂到腰际,软软的,灯光柔柔地照在上面,折射出一缕缕金色的光。她笑起来的样子最为动人，两片薄薄的嘴唇在笑，长长的眼睛在笑，腮上两个陷得很深的酒窝也在笑……瀑布一般的长发，淡雅的连衣裙，标准的瓜子脸，聪明的杏仁眼，那稳重端庄的气质，再调皮的人见了她都会小心翼翼。

我故作大方地在她面前坐下，她抿嘴一笑说，今晚你想吃什么随便点，我是有备而来的。

能不能把你的钱包吃空了？

能啊！因为我有求于你！

有求于我？我一个小公务员有啥好求的？你看看我只有身上这件西服还值点钱，其他啥都没有。

不，你对我来说很值钱！

我很值钱？说说看，咋个值钱法？

菜齐了，剁椒鱼头、烤杂鲜、盐焗蛏子、西来花烩回锅肉……加上陈年红酒，都是我最喜欢的，看样子小玲来此做东前一定问过某位熟悉我口味的朋友，难得这么有心，我心里暖暖的。

吃吧！都点了你最喜欢吃的菜。

我们俩互相碰了杯，酒过三巡，小玲终于说正题了。

欧阳，我喜欢上了一个人。

我目不转睛地看着她，没有吱声，但内心已是狂澜四起了。

我喜欢上了友国！但他是个呆头鹅，始终不敢对我有所表达。你得帮帮我，找他捅破这张纸。行吗？

咣当，我胸前的酒杯掉在了地上，碎了，红色的液体溅了一地，我朝她尴尬地笑了笑。

友国是我的好朋友，现在你也是我的好朋友，穿针引线，我在所不辞。

拜托了！你今后一定是我和友国的好兄弟！

我和他是结拜兄弟,必需的!

我强装笑脸。

回来的路上,我给友国打了个电话,说小玲很喜欢你,你要把握好这个机会,一定要珍惜眼前这个女孩,有时候爱需要自己大声说出来的,而不是在心底深处默默留情,默默纪念的。

我在接小玲的路上,她刚才给我打电话说让我去接她。谢谢兄弟的忠告,我们是永远的兄弟。

是的,我们是兄弟,永远的结拜兄弟!

下次一定请你去高家庄猛撮一顿。

不必了,你已经请过了!

我请过了?喂……喂,喂……喂,我……我啥时候请你的!

就在刚才……

见鬼了吧?

嗯!见鬼了!

暖　春

天渐渐暗了下来,星星闪着点点冰凉的寒光,像一个个银色的幼蛛在夜空中互相交错着,仿佛在不知疲倦地编着一张无边无垠的网。萧瑟的落叶夹杂着寒风,在沉寂的空气中飞快地舞动着,筋疲力尽后,带着无限的遗憾与不舍黯然地凋零。一切都变得如此的颓废,到处都充满了萧索的气息……

各位工友,首先,我代表公司为大家这几年对公司的大力支持，表示衷心的感谢。是你们的努力让公司一次又一次走出困境，步入辉煌。但是，受这次经济寒流影响，我们公司的出口业务受到了前所未有的打击。目前，国外原来100多万一辆的汽车被压到30多万，还鲜有人问津。30多万呐！工友们，这价格连高档轿车的内脏都凑不齐啊！大家都知道，我们公司主要是为国外的汽车制造商配套生产零部件，现在订单全部退了回来，公司陷入了困境，只好暂时关闭，无奈之下，只得请大家自寻活路了。

听了总经理在台上的那番神色凝重的话后，大刘不知不觉地流下泪来。在他的印象里，这是他第一次流泪，还当着这么多工友的面，真是破天荒了。大家心里都明白，总经理说的自寻活路就是意味着他们失业了。会后，大伙都没说话，默默地排着队，领取公司专门为每一位失业职工准备的500元善后安置费。

如果这也算工资的话，那就是每一位工友在公司领取的最后一笔工资了。

大刘木然地想。在这座高消费的城市里，500元只能烧5桶煤气，买10袋中等米，抽10条狗头雄狮……自从到了这个南方城市讨生活后，连嘴也刁了起来，以前在老家抽的是2元钱一包的红树烟，现在居然升格到抽起5元一包的狗头雄狮来了……

大刘，你瞎愣愣啥哩？还不回家？工友毛三在一旁使劲用胳肘子搡他。

被500元叫花子钱耀花眼了是不？

大刘木讷地嘿嘿笑着。

等一下，这里有大家刚到的家书。

门卫老张捧着一大沓信，使劲吆喝着。

喏！大刘，有你一封，赶巧了，等会一散，怕都失过了。

大刘，怕是哪个相好写来的吧？

毛三一把夺了过去,高高举起使劲挥舞着。

站在一旁的大刘束手无策,急得像快要哭出来似的。

还真急了！逗你玩呢！

大刘从毛三的手里抢过信,一把塞进了破衣兜里。

从公司回到暂住地已是晚上 10 点多,刚打开门,他就在灯下迫不及待地拆开了信封,信是女儿写来的。

爸爸您好:

我是梅梅,您在那边还好么？听刚回到村里的阿旺叔说,您干活的那厂子现在很红火,没受到金融风暴啥影响吧？妈妈的老毛病又犯了好几次,可最近她突然好了许多,医生说这是回光返照。妈妈说她这一生没啥求,只想到您工作的厂子能亲眼看看,看看您干活的时候辛不辛苦,累不累,那她就放心了……

女儿的来信写得很简单,意思就是身患肝腹水的老婆最近身体突然硬朗起来,这可是不好的征兆啊……

可自己现在已经不是公司的职工了,这可咋办呢？

大嫂的时日已经不多了,喜欢来就让她来看看吧！

一个拖着病体的人,一路颠簸,能行吗？

现在咱们都已经下岗了,上哪看去？

同住一屋的工友们你一句我一句地出着主意,就是说不出一个所以然来。

平时总爱有事没事插几句的毛三这会儿倒清静了,蹲在角落一语不发。突然,他一把夺过信就推门跑了出去……

大伙都怔住了,不知道这家伙拿着信干啥去？这小子到底卖的是哪门子药？

不一会儿,毛三披着满身的寒霜哼着转了味的小调闯进屋来。

阿庆嫂,适才听得司令讲,阿庆嫂真是不寻常。我佩服你沉着机灵有胆量,竟敢在鬼子面前耍花枪……

你刚才上哪了? 信呢?

俺帮你搞定了! 尽管叫大嫂来,一个病入膏肓的人,咋能让她在最后关头失望呢。

啥? 搞定啥了?

俺先不说! 急死你们!

毛三嘿嘿地笑着,倒头就睡。

一星期后,一辆标着红十字的车子直接驶进了公司。公司的围墙上插满了彩旗,总经理带着全体员工站在厂门口列队欢迎,就像迎接哪一位外国元首似的。梅梅搀扶着虚弱的娘从车上走了下来,一看这情形,她就嘤嘤地哭了起来,大刘更是紧紧地抓着总经理的手哽咽得说不出话来……

梅梅和她的娘在厂里转悠了一圈,然后带着一脸的满足走了。

第二天一大早,大刘特意去公司找总经理。走进空荡冷清的办公室,总经理正在整理着文件,他快奔几步,重重地跪在了他面前。

这是干啥? 快起来! 都是我们应该做的! 可话再说回来,我们其实也没做啥,你要真感谢就去谢一个人?

啥人?

毛三!

毛三?

那天半夜,他敲开我的房门,将你女儿的信一字一句读给我听,我感动得……毛三这人就是仗义,他用自己的钱做了那么多的彩旗,说是为了营造气氛,让大嫂更加相信我们的工厂很景气,你活得滋润,她走得更放心。但兄弟请你相信,每一年都会遇到寒冬,经济也有寒冬,咱们都是兄弟姐妹,一定得互相帮衬,将这个寒冷的冬天给熬过去,咱们心头里永远是暖春!

温暖的细节

美国心理学家马斯洛曾经说过,细节与细节之间是美丽和幸福的,人们常常会被一组组丰满的细节所感动,沉醉于淡淡的细节中,体味着其中的温暖,但细节往往会被有些人隐匿或忽视……

刚结婚时,大学时的同学假期出游,顺路来看我,就在家中住了几天。每次老婆进浴室洗澡,我总爱趴在窗子边像猫一样地叫,阿红,阿红……瞎嚎啥?我正洗澡呢。浴室外的那只大功率煤气热水器正"吱吱"地吐着蓝色的火焰。

听到她的回音,我放心地和同学交谈起来。

过了一会儿,我又跑到窗子前,像猫一样地叫上几声,阿红,阿红……

几天下来,同学感慨道:看见你这么忙忙碌碌,连老婆洗澡也不得安生,以后我就不结婚了。

我一愣:这话从何说起?他同情地说:看到你在单位里辛苦完了,还得张罗家里的事,连老婆洗澡这样的小事还得三番五次过问,那以后等有了小孩,还不把自己的青春都张罗完了?你看看我,独自一人,无牵无挂,多好!听完他的话,我点了根烟,猛抽一口笑了:你什么都看见了,就是没有看见我的快乐和幸福。

他瞪大了眼睛，惊讶地望着我，为啥你总喜欢在她洗澡的时候突然喊上几声，然后又不说话了呢？

我家装的是老式日本樱花牌煤气热水器，火头一旺就会突然熄灭，如果不了解情况再继续洗，煤气就会泄漏，太危险了。我隔三岔五地去喊她，如果答应了，证明煤气没有漏，她啥事都没有，我就放心了。

于是，她每次一洗澡，我总爱到窗前猫叫几声。时间一久，老婆说，她已经习惯了那种温暖的细节。

我在单位是搞业务的，经常要出差，寂寞的时候，老婆的玩伴就是那只名叫"小黑"的狗。在外人眼里，"小黑"是一只凶猛的京巴犬，但对于老婆来说，却是一个温顺无比的"小人儿"，有事没事总爱钻到她的怀里撒娇。每次，老婆去抱它时，"小黑"总会将爪子一把搭到她的肩上，而爪子上的指尖都会自动回缩进去，像怕弄伤自己的娘亲一样。有一天，不知道吃了啥东西，"小黑"拉了一天一夜的肚子，最后竟然把血都给拉出来了。老婆带它到宠物医院挂了一个星期的盐水，还是没能拉住它的性命。"小黑"死的时候，耷拉着脑袋，瞪着眼睛盯着她直流泪，那种绝望的眼神，老婆说到现在还一直记得。为此，她哭了整整一天一夜，人也瘦了一大圈。最后，她用一条精致的小毯子包裹着它，在屋后的芦苇丛中刨了一个小坑，才将它给葬了。

我曾经问她，为啥对狗这般的好？

狗是特别通人性的小动物。那天你出差，我正在洗澡，突然感到胸口被啥东西憋住了，我赶紧大声喊了起来，"小黑"听到声音后，竟然撞门冲了进来，我抬起绵绵的手朝煤气罐指了指，它猛地蹿上洗衣机，用两只前爪使劲地拧住了煤气瓶旋钮……

老婆眼泪汪汪地说，是"小黑"救了我的命，可我却最终救不

全民微阅读系列

了它的命。

我搂着她一个劲地安慰,不要难过了,这就是温暖的细节。

不过,我听了"小黑"舍身救主的故事后,有点毛骨悚然,第二天赶紧请人把煤气热水器换成了太阳能。

去年春节后,我将去温州医学院进修一段时间。临出门时,老婆紧紧抱住了我。

你走了,我和孩子咋办?

我其实也放心不下凡事总是大大咧咧的她。以前,每到晚上,我最后一个上楼,关煤气,检查窗户插销,关上保险门插,惯性似的完成一系列动作。虽然琐碎,但我感受到了细节的温暖,我想她也应该感觉到了。

每天一大早,她总会打来电话,说我不在的日子里,天仿佛都快要塌下来了!是啊!多少年来,她只是带好孩子,烧好饭,然后等我下班回家,一起吃上一顿热气腾腾的饭菜。她说,没有我在她身边的日子里,依赖性超强的她不知道还能干些什么。

那天,她又打来了电话,说今天的天气不错,阳光暖暖地照满整个屋子,她说她一边夹着电话,一边整理凌乱的家,突然,她说她怔住了,角落里,摆着一块崭新的留言板,上面写着,A.晚上关煤气、看插销、锁大门。B.吃烘烤的大饼时,注意把后背烤焦的地方挖去,不能将黑色当成芝麻。C.盗匪 110,医院 120,火警 119。D.高压锅里的隔夜冷饭千万不能再吃……

我说那是我写的,主要是给马大哈提醒用的。

她说她已经把留言板挂在了屋子最醒目的地方,板上的留言,早就记得滚瓜烂熟了,看到了留言板,就像看到了我就在身边一样……

我对他说,一个心思缜密的人,更能感受到细节的魅力,每一段经历，无论是真实人生，或是书中描写的那样，总会分解出很多细节，不经意间就会触动柔软的心灵，而你的幸福，就是从此而来，如此简单而已。

他郑重地点了点头，露出了赞同的微笑。

木棉花开的季节

在一家医院的 306 病房，曾经住过一男一女两位病人，他们的病情都很严重，男的患淋巴癌晚期，女的得的是白血病。这间病房十分窄小，仅能容下两张床位。病房设有一个卫生间、一扇门和一个窗户，门通向走廊，透过窗户只能看到外面的那堵雪白的墙。女的是重病号，基本上不能下床，吃喝拉撒由专人伺候。作为重症患者，他们都需要静养治疗，使他们感到痛苦的是，两人的病情让他们什么事都做不了，只有静静地躺着……

刚进来的时候，女的情绪很低落，每天闷沉沉的，说不上一句话。男的就尽量找着话头，寻她开心。渐渐地，他们开始熟络起来，互相间谈的都是各自的家庭，各自的工作，各自喜欢什么，等等。

男的是一家大型苗木种植基地的工程师，女的则是一家民间剧团的舞蹈演员，虽然两个人的职业相隔了一条河或者一条江，但其中一点点千丝万缕的关联让两个不能自由活动的人有了共同的语言。他们从艺术的牺牲精神说到艺术的悲哀性，又说到了文化市场中少人问津的商品，在一个不起眼的角落里放射着只有少数人才能看到的光芒……

每次说完话后，女的就转过头去，静静的，病房里如一潭死水，沉寂得让人发慌。

男的病床靠着窗，他告诉女的说，转过这堵雪白的墙，就能看见一片金色的沙滩。每次，他屹立窗前，不时地将外面的景色反馈给她，看，我正向远处望着呢，我看见了白茫茫的一片，海水和天空连成了一体，都分不清是水还是天了。正所谓：雾锁山头山锁雾，天连水尾水连天呐！海水在阳光的照耀下，就像片片鱼鳞铺在水面，又像顽皮的小孩不断向我跳跃着扑来……

听着听着，女人仿佛真的看见了海，心胸似乎也开始变得开阔起来。在那种喧嚣的境界里，她开始心旷神怡起来。仿佛，她就站在涨潮的海水里，波浪一个连着一个向岸边涌来，像一座座滚动的小山，撞向海边的礁石上，溅起几丈高的浪花，唱着美妙的渔谣。

女人静静地闭上了眼，她看见满天的金波向她翩翩舞来，红日变成了一炉沸腾的钢水，喷薄而出，金光耀眼……夕阳落山了，强光从木棉树的梢头喷射出来，连硕大的树叶都染成了红彤彤的一大片……

我喜欢木棉花开的季节，希望每一朵花儿都能永远绽放着，如果花儿都谢了，我的生命就到尽头了。

女人伤感地说。

不要那么悲观，你的病对现代医学来说早已不是什么绝症了。要有信心！听说这窗下就种了不少的木棉，有的已经开了。

真的？

真的！

我想看看！

现在恐怕还不行，你又不能活动，等几天花儿慢慢爬上来，你躺着就能看见了。

男的缓缓拉上了窗帘。

最近几天，病房只剩下她一个人，听说最近一段时间他要接受省城来的专家会诊，每天很晚才能回来。

那天，男的拉开了窗帘，兴奋地叫了起来。

哇！木棉花终于长起来了！红彤彤的，太漂亮了！

透过窗子，女的看到了雄壮魁梧、舒展着枝干的木棉树，一朵朵如血的花儿就像一团团在枝头尽情燃烧、欢快跳跃着的火苗，她也激动地喊了起来。

几天后，医生告诉她说，医院已经找到了血型配对，明天就可以做骨髓移植手术了。她问那个好心人是谁？医生啥都没说，只是默默地将她推入了 4 楼的无菌病房。临走时，女的拉了拉男人的手说，我明天就要手术了，你也一定会马上好起来的，看，那木棉花开得多么的烂漫，我们都要对自己有信心，就像它们那样尽情地绽放着！

一个月后，身体逐渐康复即将出院的她特意又回到了 306 病房，可那已经换成了两个陌生的病人。

他呢？

他已经去世了！

医生告诉她说，听说了她的病情后，他专门去做了血型配对，所有的数据竟然和她惊人地吻合，就执意要捐骨髓给她，半个月前，他的病情突然恶化……

她像意识到了什么，疯了似的跑到窗前，打开窗子一看，那堵雪白的墙将所有视线都遮住了，根本看不到大海和沙滩。她伸出手去，想摸一摸那朵最红最艳丽的木棉花，却顿然怔住了，只见几个工人爬在窗口边，正努力解着那些用来固定木棉树的绳索。远处，许多工人正将一棵棵硕大的木棉装运上车，女人隔窗不解地问其中一名工人，为啥好端端地把木棉树都给装走了？那个工人告诉她说，那是公司的王总工程师吩咐他们这样做的，说是为了挽救一位患了白血病的舞蹈演员的生命，现在王总走了，木棉树也该搬走了！

女人偷偷转过头去，早已是泪流满面，她捧着那朵散发着淡淡芳香的木棉花，心头暖暖的，她知道，她的心已经像木棉花一样，再次尽情地绽放起来了。

天堂的邮差

我是一个坐在轮椅上的女人。每次有人给我介绍对象，男人都是兴冲冲地来，转身都诧异地离去。男人们看外星人般怪怪的目光，让我对所有的男人失去了信心。我将自己悄悄地关起来，宁可在孤独的世界里封闭自己，也不想再让男人诧异、惋惜还有失望的目光赤裸裸地将我一层层地剥离……

最后一个男人很特别，其他男人来相亲都有媒人作陪，他却孤身一人，而且没带任何东西，其实我也不喜欢那些烦琐细杂的礼节。

他走到轮椅旁，变戏法似的从怀里抽出一束"蓝色妖姬"，眼睛直勾勾地盯着我："希望你能喜欢这束美丽的玫瑰花。"我不由自主地接过花，一阵阵芳香淡雅而沁人心扉。他推着我在院子里看风景，倚在这个陌生男人的身边我感受到了一种前所未有的温馨。他紧紧握着我的手："嫁给我！我会给你幸福！"

"我是一个瘸子，你真娶我？"

"是的！我不在乎！"

"你为什么要娶我？"

"爱是没有理由的！"

"你不在乎一个瘸子，但我在乎！"

听完他最后一句话，我突然发神经似的竭力挣脱已经被握痛的手，摇着轮椅晃晃悠悠地撞进屋紧紧别上房门……我伤心地号啕大哭，这次的拒绝也许就是对爱情关上了心门，可别无选择，一个风流倜傥的男人说要娶我这个连直立都成为奢望的女人，这难道就没有什么目的？

他每隔几天就会开着车来看我，每次都会送上一束蓝色的玫瑰花，虽然我喜欢蓝色，但蓝色并不等于爱。

两年后，那天，外面刚好飘起了雪花，爸爸打开大门一看，小伙子双手托在汽车的前盖上正使劲地做着俯卧撑，旁边摆放着一束蓝色的玫瑰花。爸爸心疼得连忙请他到屋里暖和暖和，他婉言谢绝。我轻轻地撩起窗纱的一角，看着瑟瑟发抖的他，心痛得差点喊出来。正是从那一刻起，我决定接受这束艳丽鲜活的蓝玫瑰……

新婚之夜，我偎依在丈夫的怀里娇媚地问："你究竟爱我什么？"他捧着我那白净的脸庞轻轻地说："爱，不需要理由！"

不久，他被提拔为副院长，特意请了一个年轻的保姆和足不出户的我做伴，这样，当他出差开会顾不着家的时候，我就不会感到寂寞和不便。虽然他经常不在我身边，但我却能时刻感受到他的存在，笑容、手势还有他的花儿……

然而，一场车祸改变了一切。

他在广州开完会正日夜兼程地开车往回赶，在高速公路上与一辆大货车追尾，经医院紧急抢救无效而离世。

一晃十年过去，蓦然回首，一切恍若是昨日才刚刚发生，每每想起，我悲痛欲绝，泪如雨下……

十年里，阿姨始终没有离开过我一步，但这次恐怕真的要走了，她的丈夫在老家患高血压中风症需要她回去照料。一大早，阿姨把楼上楼下重新打扫了一边，她发现储藏室墙角的一块土砖有点松动，就俯下身将那块砖头扶正，但它又马上自动移开。阿姨和我一起将那块土砖挖了下来，浅浅的砖洞里藏着一只做工考究的蓝色小铁盒，看样子盒子已经藏了有些年头，虽然上了防锈漆，但早已锈迹斑驳。我突然预感到了什么，颤抖着打开盒子，里面包裹着一些存折和金银首饰，加起来约莫有二十多万元，底下还压着一束已经枯萎但还淡蓝的玫瑰花，再下面是一封信，信是他亲笔写的：

小米：

我的爱妻，这是我送给你的财富和忏悔，本想等我们结婚十周年的日子再交给你。

小米，你真的忘记我是谁了吗？是伤痛让你忘记，还是岁月将我遮掩？

那年，在白桦林小学读书时，有一个男孩不小心将你推入了无盖的涵洞，将你摔成了瘸子。我就是那个男孩。自从出了那事，我没有勇气站出来面对，只好转学去了南方另一个城市。卫校毕业后走上了工作岗位，知道你还没有嫁人，心里真的好难过。如果不是因为我当年的顽皮，你现在一定找到了自己的幸福。二十五岁那年我支边去了云南，一去就是八年，回来后听说你依然没有出嫁，依然喜欢蓝色的玫瑰花，我的心碎了，决定做你一生的支柱，只想弥补当年的过失。但我知道你一定不会接受，只好隐姓埋名来接近你。随着和你的深入接触，我发现自己已经无可救药地爱上了你。这些年我积攒了一点钱，等我们结婚十周年纪念日将全部交给你，包括我的忏悔。原谅我！我的爱人。

小米，我亲爱的妻子，到时候你一定要接受这份迟到的忏悔！

永远爱你的丈夫肖晨
1996.6.8

我抱着盒子号啕大哭……坐在袅袅清香的灵牌前，抱着他那英俊的相片始终没有说话，满头的秀发刹然衍生出一根根银丝。阿姨怕我出什么意外，始终不敢离开。

我一次次地读着这封从十年前就邮发的家书，泪水模糊了双眸……柔媚的阳光将整个房间都涂上了一层淡淡的银蜡。我将一封封思念的信笺伴着已经被火舔嗜得泣血的玫瑰花瓣通过烟尘盖上了发往天堂的邮签，祈祷他能按时收到，更希望他能及时回信，因为我在家里翘首期盼，默默地守候，虽然知道遥遥无期……

一米阳光

笨重的门徐徐拉开。

8号,出列!

到!

8号是一位头发花白的老监号,他微微地欠着身子,将正在看的书页打了个折号,轻轻推入枕底,缓缓站起来,伸过手。年轻的狱警将一副铮亮的手铐铐住了他的双手,另一个荷枪实弹的狱警顺手撸起床铺上的棉大衣搭在他的肩上,漫无表情的 8 号回过头朝他机械地笑了笑……

从监舍通往审讯室需要走过一条 30 多米长的走廊,与其说是走廊,还不如说是一条通道更来得恰当些。通道的上方安着三只插满了钢筋的窗子,时间正好是中午,从窗子外射进来的阳光正好照到路过通道的每一个人。每一次走入阳光,8 号总会不由自主地慢下脚步。冬日的阳光虽然更加直接清洌,也许很难体会到它有多温暖,但却无法否认当看见它的那一刻心中浸透的那一团暖意。那样的阳光让一个人已经几乎冻僵的脸很想微笑,很想深深地吸一口气,充分感受一下这阳光的味道。8 号也是如此。

以前怎么就没有体味到这一缕缕阳光的金贵呢?他抬着头,在金光四射的阳光里贪婪地呼吸着,真想把空气中所有带着光的水分都统统吸入干涸的肺田里。

还没进来的时候,这一点点可怜的阳光算得了什么？当初出国考察的时候,在火奴鲁鲁岛的夏威夷海滩,躺在舒适安逸的沙滩床上,身边伴着如花似玉的美女,享受蔚蓝的海、干爽宜人的风、洁净的沙滩、到处林立的高级度假饭店,欣赏着当地土著人的音乐及舞蹈……在那一个个迷人的小岛上，他度过了一个又一个难忘的假日,流连忘返……

坐吧！年轻的检察官示意他坐下。

你现在虽然不是政府部门的领导了，但你还是一位曾经为国家做出过贡献的老人,你有什么要求可以适当提,我们尽量满足。

谢谢政府！谢谢政府关心！8号一副诚恳的样子,他始终搞不明白,以前自己也曾经代表着政府,现在却阴差阳错地转换了角色。也许正是因为没有了阳光的照耀和滋润吧？

木椅凉凉的,凉得有点刺骨的味儿。他微微地挪动了一下屁股小心翼翼地问,什么要求都可以提？

是的！你尽管提,只要合理,我们可以考虑。

监舍的灯太亮,晚上睡得不适应,看着灯光老是睡不着觉。他抬起头盯着庄严地坐在面前的检察官,声音细微而有点颤抖。

另外,去卫生间时,有三个武警战士跟进去,方便的时候也不太适应。他看见检察官正专心地记着笔记,声音稍稍提高了点。

最后就是上面那个没有盖的小斗室放风时照到的阳光太少,阳光瞬间就从我的脸上逃走,跑到别人的身上去了……他一口气说完了话,额头微微渗出了一丝丝汗露。

其实,他知道这话说了也等于是白说。再过一阵子,他的监号饭就要吃到头了,还要这点可怜的特权作啥？唉！想当初是何等的风光,要风得风要雨得雨,还在乎这一缕缕小小的阳光? 他微微地叹了口气,闪过一丝别人永远无法察觉的凉意。

过了几天,两个荷枪实弹的狱警打开了监舍那笨重的门。

8 号,出列! 跟我们走!

到!

他条件反射地站了起来,头顿时蒙了一下,怎么这么快就要走了? 不是还有几天么? 他傻傻地站起来,跟在那两名狱警的后面通过走廊朝外走去, 这不长的路是怎么走出来的连他自己都不清楚。

转了几个弯,最后,他们走入一间昏暗的房间,狱警上前打开了他手上的铐子,指着一根木凳说,这是我们监狱从人道主义出发为你设立的一间自由活动房。

这……这不是监狱长的卧室么? 他环视了一下四周,彻底纳闷了。

是的! 这是我们监狱长的卧室,由于这间房子最朝南,可以满足你的要求,特意腾出来的。

他缓缓地在木凳上坐下,旁边的黑色窗幔徐徐拉开,一道道金灿灿的阳光齐刷刷地照射进来,他呆住了,默默地,他走到窗子边,扶着凉凉的窗棂,他看见了窗外的一切,有山有水有蔚蓝的天,暖暖的阳光刹那间涂满了他那萧索的脸庞……

软　肋

　　林蝉子是班上最刺头的学生，每一位任课老师见了他就头痛。但没办法，教育局下发的红头文件上有规定，不可开除学生。不能劝退，又不可开除，那咋办?只能听之任之。

　　再过几天就要期末考试了，教数学的张老师正指导学生们复习第七单元的方程式。一见数字就头痛的林蝉子显得无聊，便拿出水笔朝前桌刘小燕的后背上涂着鸦。刘小燕举手向老师报告。张老师扔掉书本，忍无可忍地朝林蝉子的脑袋瓜上"咚咚咚"敲了三个"老鼠疤"，然后一把将他从课桌里拖出来："林蝉子，你不好好读书，还要影响别的同学，给我出去到操场上跑 15 圈！"

　　林蝉子摆出一副死猪不怕开水烫的样子，二话没说就来到操场上，慢吞吞地跑了两圈，然后躲到树荫底下凉快去了。

　　复习课上到一半，张老师想想将林蝉子就这么暗在一旁也不是办法，就下楼将他拽回了课堂，林蝉子趁张老师不备，顺手在草丛里摸了一把龌龊的"油油螺"揣进裤兜，然后一副老油条的样儿踱进教室。他心里做好了最坏的打算:如果张老师再给自己难堪，就把这把龌龊的"油油螺"都塞进身单力薄的张老师的脖子里，反正现在自己书也读不进去，还不如制造一点动静让学校给开除，然后跟叔叔一起南下广东打工去算了。

　　说实话，对这个刺头大王，张老师是一点信心都没有，如果可以随意开除，十个林蝉子都被自己开除了，但现在上头讲的是九年教育义务制,不能随便把学生开了,还是以教育为主。但对于林蝉子这样的学生,如果用一般的教育方法能行吗?

张老师将林蝉子拉到讲台前,当着全班的同学说:"林蝉子呀林蝉子,你看看你名字才气十足。但看看你表现,你现在还有多少优点?同学们,你们可以随便发言,看看林蝉子同学还有没有什么优点?"

首先是班长林凯举手发言:"林蝉子同学虽然读书成绩是很差,上课爱做小动作,但他对有的同学还是很关心的!"

"哦?说下去!"听到林蝉子居然还有一些优点,张老师感到很惊讶。

"四(1)班的那个叫罗金的同学是一个残疾学生,每一次他爸爸没来接他时,林蝉子同学就会顺路把他背回家。"

"那天班级为受灾地区捐款,林蝉子同学捐的是全班最多,两次总共捐了 75 元。"生活委员讷讷地说。

"那天林蝉子打破学校的玻璃是因为我的钥匙被锁在里面,他帮了我,最后却被校长罚站了一节课。"

"林蝉子和六(1)班的学生吵架,其实是六(1)班的同学霸道,一定要用他们那个破垃圾箱换我们班的新垃圾筒。"

张老师转过头去看了看林蝉子,林蝉子抬头看着讲台下的同学们,眼睛不觉有点润湿,刚才还紧紧拽着"油油螺"的手不知不觉松了下来。

"我知道刚才林蝉子同学不是故意的,因为上课前我骂他是'破罐老爷',他就报复我,是我错在前,我向他道歉。"被林蝉子后背涂鸦的刘小燕诚恳地说。

"我们班级的课桌坏了,都是林蝉子同学拿来他爸爸的木匠工具修好的!"

"那天放学,一个老奶奶和他儿子失散了,是林蝉子同学和我一起把她搀扶到派出所……"林才子的好朋友张康康也忍不住举手发了言。

"其实林蝉子同学学习成绩差,并不是他笨,而是因为他妈妈生病生了好多年,他要读书烧饭还要下地干农活。前一阵子他缺课,落下了好多功课,那是因为他爸爸在工地干活时摔死了,才……"林蝉子的邻居方方的话着实让张老师的心发慌起来。

林蝉子的眼泪簌簌地流了下来,他走到教室角落的垃圾筒边,把那些"油油螺"一股脑儿地扔进垃圾筒。

教室里鸦雀无声,只听见那一个个"油油螺"砸在了筒底,"咚咚"直响……

只有坐在角落的张老师心里暗暗发乐:"这小子也有软肋!"

父亲的短消息

以前,父亲不喜欢用手机。说自己年纪大了用不着也用不了那玩意儿,再说退休后只在家里种种花养养鱼,兜里装着这么一个嗡嗡叫的玩意不习惯。我们说现在连捡破烂的都用上了手机,您为啥就不能搞一个呢?这样我们就可以二十四小时都能联系上你了!可父亲的理由永远是那样的充分:"收破烂和其他做生意人一样,都有业务往来,离了手机怕生意跑了。再说家里有电话,有啥事,打个电话不就都解决了?还用啥手机?我看你们呀,有了手机就瞎打乱打,那不是在烧钱是啥?"

前两天，有一家私企老板请父亲去做账房先生，这次他提出来要买一只手机，说自己现在好歹也是半个生意人了，离了它确实不行，更何况老板出一半钱。那天下午，姐姐陪父亲到移动公司大卖场精心挑选了一只苹果 4，还随机带了一只卡号。刚开始的时候，从来没有接触过手机的父亲连拨号都不会，更不要说看短消息和听音乐了。后来经过我和姐姐还有母亲的轮番"指导"，父亲才对手机的一些最基础操作有了一点认识。

自打有了这个苹果 4 后，父亲就迷上了这新鲜感十足的高科技玩意儿，每次出门经常会用它和家里保持联系，寂寞的时候还会常常听着我为他专门录的越剧段子解闷呢。

可有一次晚上他下班回家，竟然气冲冲地将手机扔在桌子上，母亲还以为出了啥事，赶紧上前问他："老头子，出啥事了？干吗垂头丧气？"我和姐姐的手机正好"嘟嘟"直响，父亲拿起自己的手机对母亲说："你看看儿子和女儿，整天'嘟嘟'地有短消息窜进来，而我呢，每天一点动静都没有。"原来父亲是为这个干着急啊！一听这话，我们全都笑得前俯后仰……

不知从何时起，父亲的手机也开始窜进短消息来了。每次回家，我总是会趁他不经意时翻开手机看短消息：

"你永远不会忘记，我猜这就是刻骨铭心，你能听到我的叹息。夜深人静时刻，很想和你悄悄说说。"

"祝你在新的一年里：事业正当午，身体壮如虎，金钱不胜数，干活不辛苦，悠闲像老鼠，浪漫似乐谱。"

"新年到，愿你：百事可乐！万事芬达！天天娃哈哈！月月乐百事！年年高乐高！心情似雪碧！永远都醒目！"

……

我看了偷偷发笑，虽然不知道究竟是谁写的，有的内容还有点暧昧，但这些短消息确实是一剂不错的兴奋剂。每次父亲回家，总是那样的虎虎有生气，还听见"嘟嘟嘟"一声接一声，我知道那是温馨的短消息正一个劲地光临他的手机。父亲并不知道那些消息到底是谁发的，有的可能还带着一点暧昧的味道，所以每次听到"嘟嘟"的声响，他就显得异常的紧张，每当此时，父亲总会偷偷地跑到角落里手足无措地颤抖着按动键盘，看四下无人，用袖子遮着自己的脸飞快地浏览着……

那天晚上，正在单位值班的父亲没和任何人打招呼就直接开锁进了房间。突然，他兜里的手机"嘟嘟嘟"响了起来，正在台灯下聚精会神地按着手机的母亲猛地吓了一跳："你这死老头子，回家也不打个招呼，吓了我一跳！"看着父亲沾满薄霜的脸，母亲边递过毛巾边俏皮地撞了撞父亲的胳膊："很意外吧？其实我不是故意的，每次看到你没见短消息发进来而生出的那股子闷闷不乐的劲，心里很是着急，生怕你闷出啥毛病来，女儿也偷偷给我买了一个，本来想开个联通号码，后来换了移动。女儿说两个人移动打移动话费就便宜了。她还教会我怎么发短消息，你看见的那些消息都是我一个字一个字慢慢地凑合着发的，只想你能开开心心，无病无痛！"

父亲看着母亲，一股热流顺着脸颊缓缓流了下来。

打那以后，每次下班回家，父亲的第一句话就是："老太婆，今天你给我发短消息了吗？"

航 标

1950 年秋。

三野总部决定于中秋节下午四时发起总攻，这是国民党守岛部队最松懈的时候，此时出击定能出奇制胜。

北峦门海峡足有十里宽，登陆部队将征用来的十八艘木质小帆船作为第一梯队的运输工具。据前线侦察员报告，敌军已经在海面上布满了密密麻麻通了高压电的铁丝网，而担任解放这座海岛城市的先头部队都是些不谙水性的山东子弟兵，这给部队领导摆下了一道难题。

驻地附近有一个姓刘的铁匠，平时嗜酒如命，但手艺一流。每逢春耕农忙，当地的老百姓总喜欢到他那儿打锄头、镰刀等生产农具。负责主攻任务的陈团长专程赶到铁匠铺，将十几个光洋"叮叮当当"地垒在黑黝黝的铁锤上。

"刘师傅，俺部队需要 20 把铁剪刀，四点之前务必要将剪刀打好送到海边，能赶得出来吗？"

刘铁匠撮起一块光洋用嘴吹了口气凑到耳边仔细地听，洋银"哧哧"地发着刺耳的声响，然后小心翼翼地揣进内衣兜里。他一把抓起身边的酒坛子"咕咚咕咚"猛灌一气，完了便探头瞄了瞄茅房外的日头，咧开满嘴的黄牙"嘿嘿"地一笑，"没问题！长官！"

陈团长操起酒坛探头猛地一嗅。

"纯正的落地烧？"

"长官也喜欢喝酒？"

"偶尔解解馋，等打过岛去，我送你一挑子好酒！"

"啥？好酒？还一挑子？"

"对！好酒！"

"那感情好！好酒我最喜欢了，一言为定！孩儿们，生火开炉喽！"

刘铁匠一抹留着酒沫子的嘴巴，牛气冲天地吆喝徒弟们生炉煨铁……

不到一个时辰，刘铁匠便带着几个身强力壮的徒弟将20把崭新的剪刀抬到部队的驻地，陈团长顺手操起一把朝一株指头大的柳树挥去，"咔嚓"一声，锋利的剪刀将树枝拦腰削去。陈团长满意地笑了。

"这酒坛子的手艺果真名不虚传！"

四点还差一刻，前沿阵地静悄悄的，大家都知道这是大战前的征兆，平时骇浪涛天，今天居然平静得出奇，但每一个指战员和参战民工们的心都吊到了嗓子眼上。

正四时，"嘘——嘘——"一阵巨响，几颗白色的信号弹呼啸地窜上了海峡的上空。顿时，整整齐齐排列在前沿滩头阵地上早就严阵以待的百来门大炮齐声怒吼起来，一枚枚发怒的弹头拖着血红血红的尾巴像雨点般地砸向对岸的崇山峻岭，硝烟将敌人的前沿阵地紧紧地包裹起来。

"出发！"

随着指挥滩头攻击的陈团长的一声令下，十八艘木帆船载着第一梯队的上千名勇士，像一支支离弦的利箭狠狠地射向茫茫大海，撸工是部队从支前民工中精心挑选出来的，他们娴熟地摇着橹在巨浪间穿插着……一发发炮弹在小船的罅缝间不断地爆炸，高高跃起的波浪将几艘帆船狠狠掀翻，许多不谙水性的战士转眼间就消失在浑浊的海水中……

冲在最前面的几艘小帆船率先冲到了敌人预先设置的铁丝网前，可不知咋的，原本锋利的剪刀怎么也剪不断坚实的铁丝网，有的战士一不留神被呼啸而来的炮弹炸得粉身碎骨，有的被电麻得直哆嗦，转眼就被巨浪滚得无影无踪……据撤回来的战士报告说是剪子有问题。陈团长拿起剩下的一把用手试了试，刀刃一下就卷了。这个黑心的刘铁匠竟然用铅皮代替生铁做的剪刀。张参谋带着战士火速赶到铁匠铺将刘铁匠绑了起来，要不是陈团长匆匆赶到，暴啸如雷的张参谋顶着刘铁匠的驳壳枪非把他的头给打爆了不可。

"我对不起解放军！我愿意将功赎罪！"

"你还有啥要求？"

陈团长一把拉住他。

"有啥要求尽管提！"

"我要酒坛子，还需要几筐子泥巴！"

"要泥巴做甚？"

"到时候您就明白了！"

刘铁匠说完操起一把带着长长木柄的剪子匆匆朝海边奔去，他的几十个徒弟们也各自操着剪子紧随其后。刘铁匠和众人跳上十余艘木帆船，陈团长大声命令警卫员："小三子，你快去将所有的酒坛子都扛来。"小三子似乎明白了什么："团长，那是俺们解放上海时从敌人那里缴获来的！可是您最爱喝的酒啊！""废话！执行命令！"不一会儿，所有的酒坛子和装满泥巴的竹筐都被扛上了小帆船，刘铁匠和一干人猛地用手戳开盖子，顿时，一股香而不艳、低调而不淡薄的馥郁醇香直扑鼻而来，"不愧是好酒啊！果真名不虚传！今日喝了这美酒，就是被国民党的炮弹炸死也值了！"

第二梯队在呼啸的炮火中又出发了，那些土生土长的汉子们将小船摇得稳稳当当，不一会儿就靠到了铁丝网前，刘铁匠指挥众人合力将扭成麻花的铁丝网剪开了一道大口子。突然，一发炮弹在他们身边"轰"的一声炸开，一股股殷色的血将海水搅得猩红猩红。被弹片掀去半个肩膀的刘铁匠和徒弟们吃力地将一只只用泥巴封住了口子的酒坛甩向了海面，黄褐褐的瓶子在猩红浑浊的海面上忽上忽下地漂浮着，就像一座座胜利的航标……

嘹亮的冲锋号吹响了，一个个战士跃出帆船，快速地在漂浮的酒坛上跳跃着直向敌人的滩头阵地猛扑过去……

刘铁匠死后，他的遗体被葬在了滩头阵地的一角。每年清明，陈团长总会拎着一坛子酒到坟头上与他对"饮"，有人说像他这样一个普通的铁匠，能喝"落地烧"已经不错了，但陈团长操起一根松枝，在金灿软绵的沙滩上写了一个比一幢楼还大的"人"形字说："像他这样的人，喝这美酒，够格！"

妈妈，今年回家陪您过大年

离开家乡北漂已有三年了，这三年里，我没有回过一次老家，和妈妈打电话问候也只是象征性地敷衍一下。

"您还好吗？"

"我还好!"

"您要注意身体啊!"

"我一个人总是用您教的烹饪技术烧菜吃呢,放心吧!我会照顾好自己的!"

"儿子,妈妈想你! 想你……"

其实,妈妈后面想说的话我心里比谁都清楚。

刚来北京时,啥味都没尝到,就尝到了三个字:累!累!累!刚开始的时候,我是一个专门在北京西单地下通道抱着吉他为路人演唱的流浪歌手,既没有人脉,又没有东家强劲的后台支撑,所有的一切都得从零开始。一年后,有了一点积蓄的我开始四下拜师、录音、做专集,忙得焦头烂额,一塌糊涂,哪有时间再去听妈妈的絮絮叨叨,如果真的听过,那也是这个耳朵进那个耳朵出,敷衍了事。

来北京三年,我明白了一个道理,作为一个北漂歌手,光靠唱腔是不够的,还得有"后台",否则只能在二流歌手的门槛边徘徊又徘徊,彷徨又彷徨。

可我的"后台"在哪里呢?

北京的房租价位高得离谱,20 平方打个响屁就能臭一屋的小房子也得要 1000 元一个月,还是一年一付。除了价格,对于房子本身,我还是比较满意的,刚搬进去的时候,给人的感觉就是"挤",时间一长也就习惯了。况且,房子还属于麻雀虽小五脏俱全那种类型,又不用占很多的时间去收拾,适合我这样的懒人入住。厨房的壁橱上挂着一套前任房客留下的厨具,不过我一次也没有用过,一日三餐都是用盒饭对付。时间一长,吃盒饭老觉得有股腻腻歪歪的味,最后竟然感觉这种痛苦已经成了精神上的一种折磨,一种鞭挞。

可每次接妈妈电话时，我还得呷巴呷巴嘴，故意骗她说是在使劲吃自己做的菜呢。也正是在这个时候，我才会想起远在东海之滨的妈妈和她亲手做的海鲜大餐……

本来打算今年春节回老家过年，后来想想也没赚到啥钱，还是省着在北京独自一个人将就着过吧。

元旦一过，春节的脚步也近了。我给妈妈打了一个电话，但只报了一个平安道了一声祝福就匆匆撂了线。但我分明已经看见了头发花白的妈妈正拿着话筒在网络的尽头无奈地发蒙呢，我就是这么一个人，妈妈拿我也没办法。

那天下午，我穿过一个露天广场，想到对面的超市买一些冰冻带鱼，我确实想尝尝在北漂的日子里亲手做的红烧带鱼究竟是啥滋味。

我快速穿过广场上的人群，刚要跨过一道低矮的栏栅，一个老太太却突然挡住了我的去路。她长得和妈妈差不多，白皙的皮肤，苍白的头发，样子很和蔼可亲。

"阿姨，有啥事需要我帮忙吗?"

"我认识你!"

老太太说话的样子很认真。

"你是一个歌星!"

"是吗?"

我猛地一怔，不由自主地停下了脚步，确实太意外了，想不到我这个没啥名气的流浪歌手在这儿竟然遇到了知音，而且还是个老年"粉丝"呢。

"你是蔡国庆!"

老太太的口气很执着。

"你……我……"

我差点晕了，这一定是个老年痴呆症患者。我问了广场上的许多人都说不认识，大概是迷路了。

我将她扶到石凳上坐下，然后拉起了家常，天南海北的啥都问啥都讲，试图能找到一点她家庭情况的蛛丝马迹来。可老太太语无伦次、前出后空的话并没有给我多少机会。

"你就是蔡国庆！我的小儿子！"

她紧紧拽住我的衣角，死死不放手。

"今天你得唱歌给我听，否则你不是我的儿子！"

天渐渐暗了下来，我一面安慰着老太太，一面环视着街上，可这节骨眼上就是找不着半个警察的踪影，我彻底泄了气。老太太一个劲地催我，看着众多围观的人，我不好意思地推脱着，一些漂亮的女孩还在旁边打趣，"一个大男孩唱支歌有啥好含羞的？"大家你一句我一句地调侃着，实在没法再推托了，我只好鼓足勇气选了一首最拿手的新单曲清唱起来，刚唱了一半，老太太说这个不是蔡国庆唱的，一定要听《我心中的故事》，一位老大爷拉起二胡也自告奋勇要为我伴奏，我只好硬着头皮赶着鸭子上了架……

哦，妈妈让我说给你听吧，这是我心中的故事。哦，妈妈让我说给你听吧，妈妈我的妈妈，我多想抚平你脸上的皱纹，我多想擦干你心中的泪痕……动听的旋律将所有的路人一下子都给吸引住了，大家和着音律使劲打起了节拍，"啪啪啪"，节奏声震耳欲聋，老太太哭了，我仿佛也在刹那间成了一个大明星……

这时候，一辆小车"嘎"的一声停在路旁，跳下几个人，直朝围观的人群奔来，其中一个男子使劲挤了进来，他一把抱住老太太号啕着哭了起来。大家这才知道老太太因为精神痴呆缘故已经出走好几天了，家里都乱成一锅粥了，找了不少地方，连报纸电视上都刊登播放了寻人启事,总是没有音讯。刚才有人说有一个老太太在广场上正扯着一个歌星非要让他唱歌的消息就匆匆赶了来,一看果真是自己的亲娘。男子从皮夹里掏出一叠钱塞在我的手里,我百般推辞,这钱哪能收呢?见我执意不收,他就抽出一张名片说:"我在北环路开了一家夜总会,如果您屈就,以后就到我那里客串一下,报酬给你开最高的!"

我收下名片帮着把老太太送上了车,在上车的一瞬间,老太太突然回过头对我大声喊:"儿子,有空记得回家来看看我!妈妈会想你的! "

我突然觉得自己的眼睛被大把大把的辣椒面猛然呛着似的,眼帘一片模糊,泪水终于控制不住"唰"地流了下来……

翻过栏栅,我在马路上狂奔起来,掏出手机拨通了那个已经浸润在了我血液深处的那个号码,对着手机,我大声喊道:"妈妈,我想你了!儿子今年一定回家陪您过大年!"